共和国故事

跻身前列

——中国第一座大型高通量原子反应堆建成

马 夫 编写

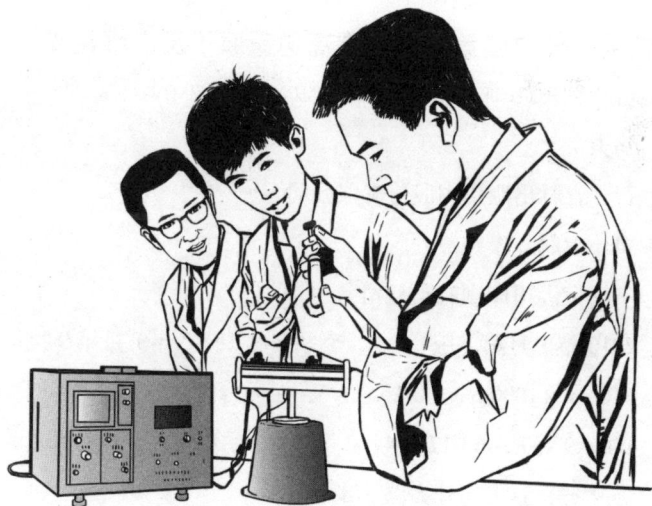

吉林出版集团股份有限公司

图书在版编目（CIP）数据

跻身前列：中国第一座大型高通量原子反应堆建成/马夫编. —

长春：吉林出版集团有限责任公司，2009.12

（共和国故事）

ISBN 978-7-5463-1772-4

Ⅰ. ①跻… Ⅱ. ①马… Ⅲ. ①纪实文学 – 中国 – 当代 Ⅳ. ①I25

中国版本图书馆 CIP 数据核字（2009）第 236798 号

跻身前列——中国第一座大型高通量原子反应堆建成

JISHEN QIANLIE　　ZHONGGUO DI YI ZUO DAXING GAOTONGLIANG YUANZI FANYINGDUI JIANCHENG

编写　马夫

出版发行　吉林出版集团股份有限公司

责任编辑　祖航　李婷婷

印刷　三河市嵩川印刷有限公司

版次　2010 年 1 月第 1 版　　　　　2022 年 1 月第 9 次印刷

开本　710mm×1000mm　1/16　　　印张　8　字数　69 千

书号　ISBN 978-7-5463-1772-4　　　定价　29.80 元

社址　吉林省长春市福祉大路 5788 号

电话　0431 – 81629968

电子邮箱　tuzi8818@126.com

版权所有　翻印必究

如有印装质量问题，请寄本社退换

前　言

　　自 1949 年 10 月 1 日中华人民共和国成立至今,新中国已走过了 60 年的风雨历程。历史是一面镜子,我们可以从多视角、多侧面对其进行解读。然而有一点是可以肯定的,那就是,半个多世纪以来,在中国共产党的领导下,中国的政治、经济、军事、外交、文化、教育、科技、社会、民生等领域,都发生了深刻的变化,中国人民站起来了,中华民族已屹立于世界民族之林。

　　60 年是短暂的,但这 60 年带给中国的却是极不平凡的。60 年的神州大地经历了沧桑巨变。从开国大典到 60 年国庆盛典,从经济战线上的三大战役到经济总量居世界第三位,从对农业、手工业、资本主义工商业的三大改造到社会主义市场经济体制的基本确立,从宜将剩勇追穷寇到建立了强大的国防军,从废除一切不平等条约到独立自主的和平外交政策,从“双百”方针到体制改革后的文化事业欣欣向荣,从扫除文盲到实施科教兴国战略建设新型国家,从翻身解放到实现小康社会,凡此种种,中国人民在每个领域无不留下发展的足迹,写就不朽的诗篇。

　　60 年的时间在历史的长河中可谓沧海一粟。其间究竟发生了些什么,怎样发生的,过程怎样,结果如何,却非人人都清楚知道的。对此,亲身经历者或可鲜活如昨,但对后来者来说却可能只是一个概念,对某段历史的记忆影像或不存在,或是模糊的。基于此,为了让年轻人,特别是青少年永远铭记共和国这段不朽的历史,我们推出了这套《共和国故事》。

《共和国故事》虽为故事,但却与戏说无关,我们不过是想借助通俗、富于感染力的文字记录这段历史。在丛书的谋篇布局上,我们尽量选取各个时代具有代表性或深具普遍意义的若干事件加以叙述,使其能反映共和国发展的全景和脉络。为了使题目的设置不至于因大而空,我们着眼于每一重大历史事件的缘起、过程、结局、时间、地点、人物等,抓住点滴和些许小事,力求通透。

历史是复杂的,事态的发展因素也是多方面的。由于叙述者的视角、文化构成不同,对事件的认知或有不足,但这不会影响我们对整个历史事件的判断和思考,至于它能否清晰地表达出我们编辑这套书的本意,那只能交给读者去评判了。

这套丛书可谓是一部书写红色记忆的读物,它对于了解共和国的历史、中国共产党的英明领导和中国人民的伟大实践都是不可或缺的。同时,这套丛书又是一套普及性读物,既针对重点阅读人群,也适宜在全民中推广。相信它必将在我国开展的全民阅读活动中发挥大的作用,成为装备中小学图书馆、农家书屋、社区书屋、机关及企事业单位职工图书室、连队图书室等的重点选择对象。

编　者

2010 年 1 月

四、建设民用核电站

一、中央作出决策

● 留美中国科学工作者协会在发布的公开信上说："我们一致决心在最短时间内回国，回到我们的中国科学工作者兄弟的行列，投身于建设新中国的大潮之中。"

中央决定发展原子能事业

1954 年，一个令人振奋的消息传到北京，传到中南海：我国地质部在综合探矿中，第一次在广西发现了铀矿资源的踪影。

要知道，有没有铀矿资源，是一个国家能不能自力更生发展核工业的一个重要前提。

人类认识"核"的历史并不长。在 20 世纪初，科学家发现了一种奇异的现象：中子撞击铀原子核，铀原子核会发生裂变，产生中子与能量。这便是著名的"链式反应"。

1942 年，意大利科学家费米在美国芝加哥大学建成世界上第一座可控的自持链式反应堆。这标志着人类从此跨入了利用核能的时代。

1945 年 7 月 16 日，美国在新墨西哥州的沙漠地区，进行了人类第一次原子弹试验。

1949 年 8 月 29 日，苏联的第一颗原子弹试验成功。

1952 年 10 月 3 日，英国进行了第一次原子弹试验。

就在朝鲜战争处在僵持状态，中美双方一直打打谈谈、谈谈打打的时候，美国在新墨西哥州核试验场的科学家激动地向美国国会报告：一种适用于大口径火炮发射的核弹头第一次爆炸成功。

这意味着核武器既可以用于战略目的，也可以用于战术目的。这一消息使美国参谋长联席会议立即重新考虑核政策。

新上台的美国艾森豪威尔政府，一度想用核武器一劳永逸地结束朝鲜战争。

在朝鲜战争结束之后的 1954 年，美、英等国再一次考虑对中国使用核武器。

因此，党中央下决心要研制原子弹和导弹核武器。而研制原子反应试验堆又是研制原子弹和导弹核武器的"先行官"。

得知我国可能有富铀矿资源的消息后，毛泽东决定要亲自看一看铀矿石的模样。

为此，周恩来在中南海西花厅主持召开关于发展原子能的一个小型会议。参加这次会议的有物理研究所钱三强，地质部部长、科学院副院长李四光，国务院副总理薄一波，地质部副部长刘杰。

周恩来全神贯注，先请李四光汇报了铀矿的勘察情况，然后请钱三强介绍了原子核科学研究的状况。

他详细地询问了原子反应堆、原子弹的原理和发展这项事业的必备条件。

谈话间，周恩来发现李四光精神不好，面部表情痛苦，说话也不流利，便问李四光是否病了。李四光回答说是牙痛。

周恩来当即要李四光讲完意见后先走，抓紧去医院治疗。

当时，李四光66岁，钱三强42岁。相比之下，钱三强显得年富力强、精力充沛，对周恩来所提问题都能从容应对，侃侃而谈。

周恩来最后安排说："毛主席要听取这方面情况的汇报，明天你们还到这儿来。要做点儿准备，简明扼要，把问题说清楚。地质部可以带点矿石，三强可以带简便的仪器做汇报演示。"

当晚，周恩来给毛泽东写了一封信说：

主席：

今日下午约李四光、钱三强两位谈过，一波、刘杰两位同志参加，时间谈得较长，李四光因治牙痛发烧，故今晚不可能续谈。

现将有关文件送上请先阅。最好参定明日（十五）下午六时后约李四光、钱三强一谈，除书记处外，彭、彭、邓、富春、一波、刘杰均可参加，下午三时前，李四光午睡。

晚间，李四光身体进行不了。请主席明日起床后通知我，我可先一小时来汇报一下今日所谈，以便节省一些时间。

周恩来总是这样细心地关心照顾科学家。

早在1949年11月15日，新中国刚刚成立一个半月，他就特意写信给新华社驻布拉格分社社长吴文焘和驻苏大使王稼祥，安排保护李四光回国，他写道：

吴文焘并告王大使：

李四光先生受反动政府压迫，已秘密离英赴东欧，准备返国，请你们设法与他接触。并先向捷克当局交涉，给李以入境便利，并予保护。

在周恩来的关怀下，李四光顺利回归祖国。李四光回国后，积极投身到新中国的建设中，为祖国的地质事业作出了巨大的贡献。

第二天，李四光、钱三强等人按时来到丰泽园。这是一次专门研究发展我国原子能事业的中央书记处扩大会议。会议是绝密的，没有文字记录，也不允许拍摄照片。

刘少奇、周恩来、朱德、陈云、彭德怀、彭真、邓小平、李富春、薄一波等中央领导人都参加了会议。

会议由毛泽东主持，他开门见山地说："今天，我们这些人当'小学生'，就原子能的有关问题请你们来上一课。"

李四光当场展示了黄黑色的铀矿石，并同时就铀矿资源和发展原子能的密切关系，以及我国勘察发现铀矿石的有关情况作了讲解。

在讲解过程中，领导们一个个传看了铀矿石标本，都对那块看似"普通的石块"，竟然会含有那种神秘的物质，而且会产生那样惊人的能量感到不可思议。

随后，钱三强汇报了世界各国核物理学的研究和发展概况以及我国这几年在核物理学方面的准备工作。

之后，他把探测仪器放在桌上，又把一小块放射源放在自己的口袋里，然后从桌旁走过。

这时候，大家惊奇地发现，探测器立刻发出"嘎嘎"的轻微响声。

当下，领导们都高兴地笑起来。有的领导人也接过铀矿石来试了一试，只见探测器果然也发出了同样的响声。

于是，他们提出了各种各样关于核武器的问题，钱三强等人都细致地做了回答。

看着这块黄黑色的矿石，毛泽东说了关于原子能事业的一句名言：

这是决定命运的。

最后，毛泽东点燃一支香烟，开始做总结性讲话。他说："我们国家现在已经知道有铀矿，进一步勘探一定会找出更多的铀矿来。"

他接着说："我们也训练了一些人，科学研究也有了一定的基础，创造了一定的条件。过去几年其他事情很多，来不及抓这件事。"

毛泽东思考着，强调说："这件事总是要抓的。现在是时候了，该抓了。只要排上日程，认真抓一下，一定可以搞起来。"

毛泽东看看大家，接着说："你们看怎么样，现在有苏联对我们援助，我们一定要搞好！我们自己干，也一定能干好，我们只要有人，又有资源，什么奇迹都可以创造出来！"

毛泽东请与会各位领导发表意见。大家一致赞同毛泽东的意见，并对发展我国的原子能事业表示了极大的决心。

会后，毛泽东邀领导们和科学家一起共进晚餐，端上来的是豆豉腊肉等6样湖南风味菜，主食是大米饭加小米粥。

毛泽东坐在钱三强这一桌，他的右边是彭真，左边是李四光，钱三强坐在他的对面。

李四光本来是一口普通话，当天他改用地道的湖北话，与毛泽东谈得十分投机。

彭真向毛泽东介绍说："三强的父亲是钱玄同。钱先生当时是北大的教授，主席那时也在北大，你们见过面没有？"

毛泽东轻轻地"哦"了一声，微笑着向钱三强点点头，对彭真说："当时知道有这个钱玄同先生在，但是没有见过面。"

毛泽东接着对钱三强说："最近我看了一本书，有你父亲写的文章，《新学伪经考》序。"

钱三强说："我爸爸与章太炎的关系是很好的，很尊重这位教师。在这篇序里，爸爸是怎样反驳这位教师的，我不太清楚。"

大家边吃边聊，刚开始钱三强很拘谨，之后也慢慢放松了。毛泽东平时不喝酒，那天他格外高兴，为大家准备了红葡萄酒。

席间，毛泽东站起身来，举起酒杯大声说："为我国原子能事业的发展，大家共同干杯。"

就这样，一个创建我国原子能事业的战略决策定了下来，中国核工业建设的帷幕从这次绝密会议召开后正式拉开。

1 月 15 日，成了我国创建核工业的纪念日。

中科院成立原子能研究所

1949年11月1日，党中央决定成立中国科学院。从此，我国的科学家们终于走到一起来了。

1949年底至1950年初，由成立于美国芝加哥的"留美中国科学工作者协会"写的一封《给留美同学的一封公开信》，在中国留学生中传阅，轰动一时，并有52人在上面签名，表达了回国的决心。牵头起草的是年仅23岁的青年人朱光亚。

1949年11月至12月间，朱光亚与曹锡华等人，在密歇根大学所在地，多次以留美科协的名义组织召开中国留学生座谈会，分别以"新中国与科学工作者""赶快组织起来回国去"等为主题，介绍国内情况，讨论科学工作者在建设新中国中应起的作用，动员大家"祖国迫切地需要我们！希望大家放弃个人利害，相互鼓励，相互督促，赶快组织起来回国去"。

他们还用《打倒列强》歌曲的曲调自编了《赶快回国歌》等爱国歌曲，每次聚会都要指挥大家齐唱"不要迟疑，不要犹豫，回国去，回国去。祖国建设需要你，组织起来回国去，快回去，快回去"。

朱光亚早就决定要回国，并且已经做好了回国前的各项准备。从1949年年底开始，作为北美基督教中国学生会中西部地区分会主席的朱光亚牵头组织起草了《给留美同学的一封公开信》，并送给美国各地区中国留学生传阅、讨论、联合署名。

"留美中国科学工作者协会"在发布的公开信上说：

> 我们无时无刻不在热烈地想念着祖国，想念着你们。我们一致决心在最短时间内回国，回到我们的中国科学工作者兄弟的行列，投身于建设新中国的大潮之中。

到第二年2月下旬，有52名已经决定回国的留学人员签了名，其中既有从事自然科学的，也有从事社会科学的。

这些人回国后，到近代物理研究所工作的理论物理学家有邓稼先、金星南，实验物理学家肖健，高能物理学家汪德昭，放射化学家杨承宗、肖伦、冯锡章，加速器专家谢家麟，计算机和真空器件专家范新弼等。

在此基础上，中国科学院成立了专门的原子能研究所。吴有训任所长，钱三强任副所长。

钱三强，1913年10月16日出生于浙江绍兴，原籍浙江湖州。父亲钱玄同是中国近代著名的语言文字学家。他少年时代即随父在北京生活，曾就读于蔡元培任校长的孔德中学。

1940年，钱三强取得了法国国家博士学位，又继续给居里夫妇当助手。

1946 年，他与同一学科的才女何泽慧结婚。夫妻二人在研究铀核三裂变中取得了突破性成果，被导师约里奥向世界科学界推荐。

1948 年夏天，钱三强怀着迎接解放的心情，回到了战乱中的祖国。

他回国不久就遇到 1949 年 1 月的北平和平解放，他在兴奋中骑着自行车赶到长安街加入欢庆的人群。

随后，北平军管会主任叶剑英派人找到他，希望他随解放区的代表团赴法国出席保卫世界和平大会。

与此同时，中央还在极其困难的情况下拨出 5 万美元，要他帮助订购有关原子能方面的仪器和资料。

一时间，钱三强和其他科技人员都摩拳擦掌，一心要在原子能领域干出点儿名堂来。

争取苏联援建首个实验堆

1955年1月17日，苏联政府发表声明说：

> 为了在促进和平利用原子能方面给予其他国家以科学技术和设备上的帮助，苏联将向中国和几个东欧国家提供广泛的帮助。其中包括进行实验性反应堆和加速器的设计，供给相关设备及必要数量的可分裂物质。

作为合作条件，1月20日，中苏签署了《关于在中华人民共和国进行放射性元素的寻找、鉴定和地质勘察工作的议定书》。

此后，大批苏联地质专家来到中国，帮助中国进行铀矿的普查和勘探。

4月27日，以刘杰、钱三强为首的中国政府代表团，在莫斯科与苏联政府签订了《关于为国民经济发展需要利用原子能的协定》。

《关于为国民经济发展需要利用原子能的协定》确定由苏联帮助中国进行核物理研究以及为和平利用原子能而进行核试验。

10月，经中共中央批准，选定在北京西南远郊兴建

一座原子能科学研究基地，并将苏联援建的核反应堆、加速器安置在这个基地。

12月，以诺维科夫教授为团长的苏联原子能科学家代表团访华，向中国赠送了一批有关和平利用原子能的影片和书籍。

苏联代表团还在全国政协礼堂举行报告会，讲授关于和平利用原子能的各项问题。周恩来及党政军各机关1400多名高级干部出席了报告会。

12月26日，周恩来与苏联代表团举行会谈，双方讨论了《中华人民共和国1956—1967年原子能事业规划大纲（草案）》。苏联科学家主动表示，苏联准备给中国核工业建设以全面援助。

1956年5月，原子能的新基地正式破土动工。

8月17日，中苏两国政府签订了关于《苏联援助中国建设原子能工业的协定》。

《苏联援助中国建设原子能工业的协定》规定，苏联援助中国建设一批原子能工业项目和一批进行核科学技术研究用的实验室。

在这一基础上，11月16日，第一届全国人大常委会第五十一次会议通过决定：

设立第三机械工业部，主管中国核工业的建设和发展工作。

在第三机械工业部（简称为三机部）制订的年度计划中，要求在 1962 年以前建成一套完整的、小而全的核工业体系。

为帮助中国的核科学研究，苏联派遣了称职的专家。5 月，沃尔比约夫率领十几位专家来到物理研究所工作。

在由聂荣臻、陈赓、宋任穷代表中国政府和苏联政府代表团在莫斯科签订的《苏联在火箭和航空等技术方面援助中国的协定》中规定：

苏方向中国提供原子弹的教学模型、图纸资料以及原子弹样品。

1958 年 2 月 11 日，中国第三机械工业部根据中苏协议的要求更名为"第二机械工业部"（简称为二机部），并且对应苏方提供的各个工程号，设立了 11 个设计室。

紧接着，一座新型的原子能科研基地就在北京西南郊的荒滩上屹立起来了。

自此，我国原子能事业走上了正轨。

聂荣臻提出研制核潜艇报告

1958 年 6 月的北京，天气格外炎热，烈日晒得整个北京城都滚热发烫。在国防部部长聂荣臻的办公室里，几则外国的电讯稿放在他宽大的办公桌上。

其中有一则上面写道：

美国已把原子武器运进南朝鲜，意欲将南朝鲜变为原子武器的一个战略据点。

指挥原子突击演习的美国将军特鲁多公开扬言，要把驻扎在南朝鲜的美军变成"进攻的而不是防御的部队"。

又有一则上面写道：

美国宣布，"斗牛士式"导弹部队已开进台湾，驻扎在台湾的美国空军也将装备导弹。

美国国防部将在数日内，按照美国总的驻军计划改装国民党军队，组编"五个原子师"，以满足原子战争的需要。

还有消息说，美国的核潜艇正在世界各大洋深海游弋，这自然也包括台湾海峡在内……

　　"鹦鹉螺"号从诞生之日起，美国国防部就为它的未来拟定了明确的军事目标……

　　美国继"鹦鹉螺"号之后，自1955年起，每年平均以建造7艘的高速度，发展鱼雷核潜艇和导弹核潜艇。

　　美国计划从1955年到1971年的15年内，建造110艘核潜艇，其中鱼雷核潜艇70艘，导弹核潜艇40艘……

　　早在1954年1月21日，美国建造的第一艘核动力潜艇"鹦鹉螺"号在格罗顿市试航成功，这是人类第一次使用核反应堆作为机器传动能源的核潜艇。

　　"鹦鹉螺"号全长90米，总重量2800吨，身上携带有重型作战装备，可以发射导弹。如果携带上核弹头，就能形成导弹专家们所说的"第二次核打击力量"。

　　即假设陆地上的导弹基地、发射井被敌方摧毁了，核潜艇还可以从海底深处发射导弹来攻击敌方的战略或战术目标。而这个快速移动的"海底发射井"又是很难被敌方发现或摧毁的。

　　"鹦鹉螺"号的核动力装置约占全艇长度的一半，它的速度比普通潜艇要快1倍还多，如果以每小时30海里计算，它可以连续50多天进行不上浮的航行。

　　这个数字意味着，它在10天之内可以从海底穿越任何一个大洋，并且连续穿越5次，而不需要在中途"加油"，也不需要在中途上浮"透一口气"。

由此可见，导弹核潜艇的战略意义是不可低估的。继美国"鹦鹉螺"号的试航成功后，苏联、法国、英国的核潜艇也相继下水试航。

聂荣臻深知，尽管我国的抗美援朝战争取得了最终胜利，但是，除了陆地上的核威胁，深海中核潜艇的出现，又使我国面临着新的威胁，即海洋核威胁。

这些世界军事信息就像这炎热的天气一样烤着聂荣臻的心。

面对核导弹的威胁，尽管中央已决定研制"两弹"，即原子弹和导弹。但面对来自海洋的新的威胁，作为主管国防科技的聂荣臻，此时更是心急如焚。

就在当天，聂荣臻邀集海军政委苏振华、副司令员罗舜初、科学院副院长张劲夫、第一机械工业部（简称为一机部）副部长张连奎、二机部副部长刘杰、国防部第五研究院院长钱学森、副院长王诤等领导同志和有关业务部门负责人，就研制导弹核潜艇问题召开了座谈会。

在这次座谈会上，与会者对研制导弹核潜艇的原则、进度、任务分工、组织领导、总装厂建设等方面的问题取得了一致意见。

1958年6月27日，这次座谈会的与会者联名以聂荣臻的名义向党中央和毛泽东、周恩来、彭德怀写了《关于研制导弹核潜艇的报告》。

《关于研制导弹核潜艇的报告》指出：

我国的原子反应堆的研究工作已开始运转，这就提出了原子能的和平利用和原子动力利用于国防的问题。

关于和平利用方面，科委曾开过几次会进行研究，已有布置。

在国防利用方面，我认为也应早作安排。为此，曾邀集有关同志，进行了研究，根据现有的力量，考虑国防的需要，本着自力更生的方针，拟首先自行设计和试制能够发射导弹的原子潜艇。

今拟以罗舜初、刘杰、张连奎、王诤等四同志组成一个小组，并指定罗舜初同志为组长，张连奎同志任副组长，筹划和组织领导这一工作。

1958年6月28日，即报告送审的第二天，周恩来对报告作了如下批示：

请小平同志审阅后提请中政常委批准，退聂办。

6月29日，邓小平在仔细审阅了报告后，批示道：

拟同意。并请主席、彭总阅后退聂办。

毛泽东和彭德怀也随即圈阅了这个报告。

至此，中共中央正式批准了研制核潜艇的提议，并建议以海军为主组建"总体设计"分组，并以二机部为主组建"核动力设计"分组。

就这样，一项事关海军建设大局，也关系到国防现代化建设大局的重要尖端技术工程就正式决定通过了。

紧接着，核潜艇的核动力反应堆的研究就摆上了议事日程。

核动力堆技术待援未果

1958 年 7 月，苏联驻华大使尤金拜访了刘少奇，谈论关于中国要求援建核潜艇工程问题。

7 月 21 日，尤金又拜会了毛泽东。

尤金以赫鲁晓夫的名义询问中苏两国建立联合潜艇部队的可能性。

毛泽东问尤金："你们的意思是，我们应该靠你们的帮助来建立这样一支潜艇部队，否则你们就不给我们援助？"

毛泽东又进行了补充，明确地指出："绝对不赞成组织一个军事联盟。"

随后，赫鲁晓夫对我国进行了正式访问。会谈中，赫鲁晓夫再次出人意料地要求中国政府同意苏方提出的"关于建立联合舰队与在中国沿海建立长波电台的建议"。

但在核潜艇技术援助的话题上，赫鲁晓夫却说："核潜艇技术复杂，你们搞不了；花钱太多，你们不要搞；苏联有了核潜艇，你们就有了；我们可以组建联合舰队。"

显然，赫鲁晓夫认为上次事情没办成，是因为尤金无能，所以他决定亲自出马。

赫鲁晓夫的这一无理要求，理所当然地再次遭到中国政府的拒绝。

此后不久，由团长苏振华、副团长兼秘书长方强率中国代表团抵达莫斯科伏努科夫机场，准备从苏联引进部分海军装备。

我国代表团就要求援助的项目再次向苏方做了详细说明。但苏方谈判代表先是以中国代表团"需要休息"为借口，只是每天安排代表团游览名胜古迹、参观船厂等，却迟迟不举行谈判。

由于我国科技代表团核动力组与苏方谈判不顺利，刘杰部长率动力组全体成员只好先期回国。

自始至终，苏联方面都没有让我国代表团参观他们的核潜艇。

在苏振华的要求下，尽管苏方对核潜艇的技术资料十分保密，不肯透露给我方，但最终还是回答了一些关于核反应堆方面的问题。

苏方表示，愿意在常规潜艇技术上援助中国，并答应把核潜艇技术也纳入与中方代表团谈判的内容之一。

这个消息传出后，西方舆论普遍认为：

> 这种援助将是极其短命的。如果答应在核潜艇上帮中国的忙，那一定是赫鲁晓夫喝醉了酒说的。酒醒后，他就会反悔。

赫鲁晓夫在率领苏联党政代表团赴华参加中华人民

共和国成立十周年庆典之际，应邀登上天安门城楼，同我国领导人一起检阅游行队伍。赫鲁晓夫不顾外交礼仪，脸色阴沉地对毛泽东说："准备撤走所有援华专家！"

毛泽东则以沉默回答了他，因为赫鲁晓夫已经开始这样做了。在赫鲁晓夫离开北京后，毛泽东便说了一句令世界震惊的话：

核潜艇，一万年也要搞出来！

苏方突然召回全部派遣援华的专家后，毛泽东对前来汇报的李富春说："我们要下决心搞尖端技术！赫鲁晓夫不给我们尖端技术，我看这也好嘛！如果给了，这个账是很难还的！"

中方希望苏联政府重新考虑并且改变召回专家的决定。但是，苏方毫无商量的余地。

接着，在短短1个月内，苏方撤走了援华的1390名专家，并撕毁了中苏两国签订的12个协定和两国科学院签订的1个协定书，以及300多个专家合同。

不难想象，苏方撤走全部援华专家后，我国一些重大的设计项目和科研项目立即陷入了全面的瘫痪，我国核工业也因此受到了沉重的打击。

至此，中苏双方在核反应堆方面的合作，就这样夭折了。

我国自主研究核动力堆

1960年3月22日，国防科学技术委员会（简称为国防科委）成立以海军政委苏振华为组长的核潜艇研制工程领导小组，下设总体组、反应堆组、导弹组和电子组。

苏振华提出"核潜艇研制要以反应堆为纲，船、机、电、弹紧紧跟上"的方针，促进了潜艇核动力装置的研究和设计工作。

当时，二机部为了集中优势兵力打歼灭战，把整个工作分成了"一线"和"二线"。

属于"一线"任务的项目包括：直接与核燃料生产有关的地质、矿山、水冶、扩散、冶金、生产堆等，以及原子弹的研制，即从研究院到研制基地，共有几十个项目。此外都算作"二线"项目。

作为从事"二线"任务的潜艇核动力设计组的同志们是完全理解的。因为拿不出核燃料，什么原子弹、核潜艇都无从谈起。

但是，大家仍然以极高的热情投入到核潜艇动力堆的"技术储备"中，以等待时机的到来。

法国从20世纪50年代末开始研究潜艇核动力。20世纪60年代初，法国开始研制导弹核潜艇首艇"可畏"号，美国不愿意卖给法国技术和设备，法国就发愤自行研制。

但是，当时摆在二机部全体科研人员面前的困难要比法国当年面临的困难大得多。

因为，这时候我国的工业基础和技术水平远不如法国当初的水平。这些情况，让二机部全体科研人员忧心如焚！

因此，二机部有关领导当即采取了几条应对措施：

一是围绕着核燃料，积极做好生产和验收准备，短缺的部分要迅速地进行补充设计和加工。

二是核潜艇动力，也要调集力量进行探索，并正式成立了核潜艇动力研究设计组。

二机部全体科研人员经过研究，一致同意搞一次核动力的"设计大练兵"，即搞一次"实战演习"，就是按照核潜艇的实际需求，设计一座核动力堆。

设计队伍中有许多人是刚从大学毕业不久的年轻人，他们虽然缺乏经验，但生气勃勃，勤奋好学，事业心很强。在中年科技骨干的带领下，这群年轻人干得有声有色。

在原子能研究所，在彭桓武等专家的指导下，经过夜以继日的艰苦奋战，核动力组终于在 1960 年 6 月底，拿出了一个《潜艇核动力方案设计（草案）》（简称为《草案》），对潜艇核动力装置的堆型、主要技术参数等有了初步的设想构思。

大家随后完成了《草案》的打字、晒图、装订工作。

《草案》中有总论、反应堆物理设计、热工设计、自动控制方案设计、堆结构设计等等，还附一个核潜艇总图。

在二机部六楼的会议室里，科研人员向二机部部长宋任穷做汇报。当时听取汇报的还有二机部的几位副部长，包括原子能所党委书记李毅、第二设计院院长冯麟、二机部各有关局的局长，如邓照明、白文治、马正一等。

汇报进行了两天。

这些局长、院长听了汇报后很受鼓舞。他们都说没想到，在条件很差的情况下，在如此短的时间内，核动力组的科研人员竟能拿出这样一个有根有据的核潜艇动力堆的"方案设计"来。

宋任穷部长非常高兴，连声说："好，好，太好了。"

但这仅仅是一个良好的开端，摆在二机部核动力组科研人员面前的更艰难的路还在后面。

继苏联撤走全部援华专家之后，中国大地上又发生了连续三年的自然灾害，致使我国的国民经济建设陷入了新中国成立以来的最困难时期。

党中央和毛泽东决定对国民经济实行"调整、巩固、充实、提高"的方针。

聂荣臻根据党中央提出的"调整、巩固、充实、提高"的国民经济建设八字方针，召集有关部门负责人重新研究了新形势下我国国防尖端科技和装备建设的问题。

根据实际情况，重新制定的我国国防科研工作的方针是"缩短战线，任务排队，确保重点"，并把原子弹、氢弹的科研任务放在第一位。

聂荣臻又进一步指示各军、各兵种的科学研究要"突出重点，集中人力、物力和财力，解决当前急需的项目"。

根据这一方针，海军与有关工业部门、第七研究院一起分析了海军装备建设面临的矛盾和形势，认为核潜艇的研制工作取得了一些成绩，但进展不是很快。

许多设备材料没有单位研制，有的项目技术难关并没有突破，许多配套设备的技术指标还提不出具体的要求来，因此，无法继续开展研究工作。而且生产核动力所需的核材料也存在着困难。

因此，大家认为，在目前科研力量和经费严重不足的情况下，海军要集中力量仿制改进几艘常规潜艇。核潜艇的研制工作，本着"少花钱少用人"的原则，集中力量进行几项"技术复杂且周期性长的关键项目"的研究，其他项目暂时停止。

但是，哪几个项目才算得上是应该保留的"技术复杂且周期性长的关键项目"呢？与会者在这个问题上一直争执不休。

当时，二机部局长孟戈非对副院长于笑虹表达了自己的想法。

他说：

原子能事业，除了核燃料生产和同位素应

用外，主要是两个大方面：一为核武器，二为核动力。目前，国家经济暂时困难，一旦原子弹过关，核潜艇、核动力总是要上的。

因此，这个"庙"不能拆，而要保"庙"，应做好前期准备。

潜艇核动力事业，从零开始，创业不易，人才培养更不易。很多人是从不同专业转学工程物理和反应堆工程的，一旦散了，覆水难收。要"上马"可就艰巨了，一切还得从头学起。

当前国家有困难，核潜艇如果暂缓不上整个大工程，是不需要国家花多少钱的，也不会和"一线"争投资。

为了保住核动力堆这个"命根"，孟戈非同意撤销反应堆这个项目的一些附属工程。

孟戈非说：

反应堆只要留下种子，就会开花结果，核动力的科技人员不应拆散，只要求发基本工资就行！国家有困难，还没有到讨饭的地步，还不至于几十个人的基本工资都发不起吧。

孟戈非局长的陈述，得到了与会局长们的同情和支持，核动力这座"庙"总算暂时保住了。

1965 年 3 月 20 日，周恩来主持召开中央军委第十一次会议。会议批准：

核潜艇研制工程重新上马。

会议还将核潜艇工程重新列入了国家计划，还决定 715 所划归二机部建制，要求二机部在 1970 年前建成核潜艇陆上模式堆。

从此，我国核潜艇动力堆工程经过几年的搁浅停滞之后，又重新开始扬帆远航了。

二、建设核模式堆

● 《特别公函》指出："核动力潜艇是毛主席亲自批准的一项国防尖端技术项目，必须群策群力，大力协同，排除万难，保质、保量、按时完成任务。"

● 萧劲光指示陆上模式堆建设的全体人员："要严密组织、精心指挥。严格执行岗位责任制，防止发生事故。"

中央确定总设计师人选

1965 年 7 月，二机部核潜艇动力研究设计院提出了核潜艇动力反应堆设计方案，并很快得到以周恩来为首的中央专委的批准。

8 月 15 日，中央专委召开第十三次会议，批准核潜艇研制分两步走，第一步先研制鱼雷攻击核潜艇，第二步再研制导弹核潜艇。

在这次会议上，中央专委还要求我国鱼雷攻击型核潜艇必须于 1972 年前下水试验。同时，中央专委也批准了核潜艇的陆上模式反应堆和海军核潜艇码头基地开工建设，由彭士禄担任中国核潜艇动力堆工程的第一任总设计师。

随后，二机部核潜艇动力研究设计院于年底前即完成了潜艇核动力装置的初步设计。

彭士禄，广东省海丰县人，无产阶级革命家彭湃的儿子，3 岁时母亲牺牲，4 岁时父亲就义。他两次被捕入狱，被营救后被送到澳门、香港。

1940 年，彭士禄被送到延安青年干部学院和自然科学院就学；1946 年，在宣化炼焦厂、石家庄炼焦厂任技术员；1949 年，在哈尔滨工业大学学习。

1956 年，他毕业于莫斯科化工机械学院，后又在莫斯科动力学院核动力专业进修；1958 年，回国后一直从事核动力的研究设计工作。

核动力是核潜艇的心脏。通俗地讲，核动力就是利用核燃料铀 235 的原子裂变释放出的巨大能量作为能源的一种原子动力。

因为铀 235 裂变释放能量时，不像柴油机燃烧时需要氧气。因此，用核动力装置驱动的潜艇，可长时间地在水下高速航行，它的续航能力大，隐蔽性也很强。

而常规动力潜艇在水下航行时，利用的能源是柴油和蓄电池，因此每航行 1 小时左右，就需要浮出水面换气。所以说，核动力的巨大优越性是常规动力所无法比拟的。

早在 20 世纪 60 年代初，我国核潜艇的部分工程下马后，核动力研究室只剩下了一个由 50 多人组成的攻关小组。

攻关小组的大多数人是刚毕业不久的大学生，并且，他们学的都是锅炉、化学、物理等专业，只有五六个人稍微接触过一些核动力的知识。

于是，时任原子能所核动力研究室副主任的彭士禄和韩择、蒋滨森等"留苏同仁"一起，给"初生牛犊"们开了五门课：即反应堆物理、反应堆热工、反应堆结构、反应堆自动控制、反应堆核动力装置。

就这样，两年后，在党中央批准核潜艇研制工程重新上马后，20 多个外行成了核动力研究方面的尖兵，扑到了研究攻坚的最前沿。

在给这些"初生牛犊"开课期间，彭士禄找遍了国内外的相关资料，又对我国现有的重水反应堆进行了实地考察。

在综合了同行们的正确意见后，他提出了适合我国未来核动力发展的一套设想，即营造的陆上模型式样堆的类型，以及模型式样堆如何设置等等。

所谓陆上模型式样堆，通俗地说，就是陆上模拟试验堆。

建造它的目的是，按照水下核潜艇反应堆在海底工作时的实际运转情况，在陆上进行模拟试验。在证明了它的可行性、可靠性后，再定型使用于核潜艇上。

然而，就在这个时候，某大学和某研究所却有一部分人，拟订了一套与彭士禄截然相反的方案，从根本上否定了建立陆上模式堆的必要性。

他们认为，根据我国核动力研究的现有水平，在图纸上设计好的原子反应堆，直接可以一步到位地堆建在核潜艇上。

于是，这两种"针锋相对"的方案，同时上报到聂荣臻和周恩来那里。

聂荣臻和周恩来不是技术专家，需要听取多方面的意见才能决策。但是，聂荣臻和周恩来都对不搞陆上模式堆的意见表示忧虑。

在听取各方意见的专题会上，双方各执己见，互不相让。

反对搞模式堆的人认为，根本没有必要搞这种重复建设。因为陆上模式堆不仅会使试验经费提高一倍，而且还会推迟核潜艇下水的进度。

他们还认为，如果直接将反应堆装在核潜艇上做试验，试验成功后就可以直接交给军队使用，岂不"多快好省"？

彭士禄则认为：

核潜艇上的核动力装置以前我们没有搞过，要说技术上百分之百的成熟，我们没有把握。

因此，不通过模式堆进行模拟试验就直接装艇危险性太大。即使能够基本成功不出大问题，放在核潜艇上再修修改改，拆装都很不方便。

再说，核动力模式堆并不是试验完成后就报废了，花这个钱是有长远的战略意义的，是吃小亏占大便宜。

最重要的是，只有这样才能保证核潜艇的整个系统一次性建造成功。同时，还等于建了一座核动力装置实验堆，可以培训工人和艇员。

当时，周恩来和聂荣臻都表态说：

为了核动力潜艇一次性建造试验成功，必须建立陆上模式堆！这个钱不会白花，是合算的。

为此，中央军委拟定了建设模式堆的总原则是：

保证安全、保证可靠，立足国内、自力更生研制，便于操纵，适应我海军指战员的科学技术水平，便于维修和换料。

然而，争论并没有就这样完结。在建造的模式堆的类型和堆形，是"一体化布置"还是"分散布置"的问题上，彭士禄又和某些单位的一些专家学者展开了一场并不轻松的争论。

这些专家学者都主张搞增殖堆。因为，增殖堆最先进，压水堆太原始。

他们认为，增殖堆是能够让"一个鸡蛋变两个鸡蛋"的先进设备。他们还认为，即使上压水堆，也要搞一体化布置，这就和"集成电路板块"似的，把有关的零部件都压缩在一个密封容器内，是最经济的做法。

但是，彭士禄却主张上压水堆，而且，堆舱内的各个部件也要分散布置。

因为增殖堆"这玩意儿"脾气太大，一见水和空气就"发火"，稍微漏一点气就容易引起爆炸，特别难"伺候"。

再说"集成电路板块"似的一体化布置的确先进，但体积小，一旦个别零件坏了，整个电路也就报废了。这样一来，成本无形中反而变高了。

听到这里，周恩来和聂荣臻犹豫起来，一时拿不定主意。最后，他们只好决定，回头再作专题讨论。

有一天，彭士禄在二机部办公大楼的走廊上遇到了钱三强，两个人一见如故，谈得十分投机。

彭士禄便把想上"压水堆"和"分散布置"的想法告诉了钱三强。钱三强思考了一下，当即表示愿意出面协调解决这个分歧。

几天之后，二机部批准了彭士禄的设计方案。

彭士禄听到这个消息后，真是又惊又喜。他当即明白，是钱三强的威望起了决定性的作用。

方案虽然通过了，但是彭士禄心里很明白，要想征服"核魔"，必须要解决好两个关键问题：一是推导各种主参数的计算公式；二是核燃料采取怎样的组件形式最合适。

为了证实理论计算公式的正确性，彭士禄收集了世界上十几个零功率堆的临界试验数据，经过逐一的验算、校核、修正，才得出了一个适用的计算公式。

我国20世纪60年代初期的计算工具，只有计算尺和手摇计算器，而物理计算的工作常常又是极其复杂的。

可想而知，彭士禄和其他科研人员当时面临的任务是何等的繁重和艰巨。

不久，他们在核反应堆各种主参数的推导公式和核燃料的组件形式这两个关键问题上有了很大的突破。

1964 年 10 月，我国的第一颗原子弹爆炸成功，我国的经济经过 3 年的调整后逐渐得到了好转。

中央对核潜艇研究工作的投入力度又逐步扩大，集中力量建立了核动力研究设计的专门机构。

1965 年 3 月，核潜艇研制工程重新上马。核动力组的科研人员更是精神振奋。

同年 7 月，核动力组完成了核动力堆设计方案。同年年底，核动力组完成了初步设计，随后不久，又完善了核动力堆的初步设计。

为了进一步证实计算式的准确性，彭士禄和他的科研队伍还分别建立了常温零功率堆和高温零功率堆的计算模式。

在经过反复试验、修正后，他们最后终于确定了较准确的计算公式。

最后，彭士禄又用最短的时间和最少的经费，建立了核动力堆的零功率试验装置，经过仔细的试验修正，取得了大批极有价值的参数。

最后，彭士禄得出结论：由他们设计的核反应堆在冷态下是完全可控的。

但同时，核燃料组件的设计和研制还得从零做起。

首先彭士禄他们遇到的问题是：核反应堆的组件元

件应该采用什么样的几何形状好呢？

彭士禄通过对大量的国内外资料的调查研究，写出了关于"核燃料组件的设计和研制"的论证报告，经过民主学术讨论，分析了各种形式的优缺点，最后确定了符合我国制造能力的燃料组件形式。

同时确定的核燃料组件的设计还包括：反应堆物理、热工水力、冶金、核燃料、机械、化工腐蚀等的标准。

就这样，彭士禄和他的科研队从铀的提纯到铝合金的冶炼、制作、成形，都一丝不苟地进行了严格的把关，直到所有的元器件都经过无损探伤检验合格后，才发到第五元件制造厂进行制造。

就在彭士禄和国防部第七研究院 701 所所长陈右铭为核潜艇反应堆的陆上模式堆奔走忙碌的时候，1967 年 3 月，毛泽东、周恩来、叶剑英等中央领导连续签发电报，指示对二机部所属企事业实行军事管制，并要求厂内所有人员不准串联、不准夺权、不准停产。这样就有效地保证了核动力组的正常工作秩序。

中央军委在向所有从事核潜艇工程的单位发出的《特别公函》中指出：

> 核动力潜艇是毛主席亲自批准的一项国防尖端技术项目，必须群策群力，大力协同，排除万难，保质、保量、按时完成任务。

《特别公函》的发出，极大地鼓舞了彭士禄、陈右铭和二机部全体科研人员，也进一步保证了核动力组的正常工作秩序。

1968年2月8日，中央军委一〇九次常委会议讨论批准国防科委成立核潜艇工程办公室。

二机部为了完成国防科委布置下来的陆上模式堆试验基地施工任务，任命二机部办公厅副主任何潜为指挥长，组成试验基地现场指挥部，调二机部某局总工程师吴上英为副指挥兼总工程师。指挥部下设办公室、计划、器材调度等组。

随后，指挥长何潜、副指挥兼总工程师吴上英就带领从二机部所属的建筑安装公司抽调的200多名工程技术人员，成建制地陆续进入我国西南大"三线"的陆上模式堆工地。

抢建核动力陆上模式堆

我国西南某地的一片丘陵峡谷，四周都被崇山峻岭包围着。

峡谷的中央参差错落地耸立着一些高大的厂房和普通的楼群，东边和西边都是一块块稻田地，两边零零星星、错错落落地建了一些"干打垒"的简陋房子。

这就是我国地处西南"大三线"的第一艘核潜艇的原子反应堆，即陆上模式堆的第一个试验基地最初的模样。

所谓"三线"，是按战略地位把全国划分为前线、中间地带和三类地区，分别简称为"一线""二线""三线"。

"三线"地区位于我国腹地，离海岸线最近的在700公里以上，距西面国土边界上千公里，加之四面分别有青藏高原、云贵高原、太行山、大别山、贺兰山、吕梁山等连绵山脉作天然屏障，在准备打仗的特定形势下，成为较理想的战略后方。

众所周知，原子反应堆有很强的放射性。所以，从安全生产上来说，核反应堆必须用全封闭的钢铁水泥构件做防护；从外部保障上来说，也必须以崇山峻岭作为天然屏蔽，才能确保万无一失。

产生核动力的原子反应堆是极其神秘、极其危险的。人类从发现它的利用价值，直到能够自由地驾驭它，中间经历了漫长的时间。

早期发现镭元素的居里夫人因长期接触放射性物质，因再生障碍性恶性贫血逝世。所以说，原子反应堆既是辉煌的太阳，又是恐怖的魔鬼。因此，把驾驭核动力的科研人员比作是跟"魔鬼打交道的人"，一点儿也不过分。

当时，指挥长何潜和副指挥兼总工程师吴上英带领200多名工程技术人员进工地的时候，指挥部还没有房子用来办公，他们便临时搭了个棚子，开始指挥工地施工。

早在1967年冬天，冬至刚过，北京城里就纷纷扬扬地下起了一场鹅毛大雪。这段时间，毛泽东一直没有睡好觉。他时刻关注着世界动荡的局势。

他在反复琢磨朱元璋"高筑墙、广积粮"的治国方略。所以，他决心尽快在"大三线"建成核反应堆基地。

第二天下午，毛泽东把这个想法秘密地同周恩来交换了意见，周恩来表示全力支持毛泽东的这个想法。

1968年，春节刚过，周恩来派遣的选址小分队就秘密地出发了。

这是一处终年云雾缭绕的深山峡谷，波光粼粼的清溪河在这儿拐过几道弯后，直奔峡口，注入江中。

此时正是初春时节，鹅卵石堆积的河滩上，有一支勘察小分队正在长满巴茅、刺藤、酸枣的荆丛里艰难行进。

他们肩扛塔尺、花杆和测绘仪器，一路上有说有笑，在行进的路上，他们不时地惊起几只锦鸡、野兔和在青枫林里觅食的黄羊。

这支小分队的领队就是二机部副部长李觉。20 多天前，他接到周恩来的密令，便率领这支小分队昼夜兼程，来到大西南，秘密地为我国核反应堆基地选址。

这些天来，李觉和小分队的队员跋山涉水，披荆斩棘，沿着玉浓江流域先后对清溪河等地进行了踏勘。

此刻，他们又重返清溪河，对这一处的地况地貌做最后的勘测、评估。

时近正午，李觉将军抬头望了望峰峦叠嶂的群山，说道："这靠山隐蔽的清溪河峡谷，真是一处好地方呀。每一道湾里的台地上都可以摆放一座工厂。基地就选定在这儿啦！明天休息，后天回京汇报。"

几天后，同一份请示报告分别送到了解放军国防工业军事管制小组、国务院国防工业办公室，以及周恩来、粟裕的案头。

随后，周恩来批示：

原则同意。

4 月初，西南地质勘探队的一支人马开进清溪河进行勘测。随后，他们提交的各类资料表明：清溪河沿岸地质条件完全符合建堆要求。

5月底，周恩来在征得毛泽东同意后，亲笔签发了中央军委的绝密电报，并正式批准在这里以临战的状态迅速抢建核反应堆工程。

同时，周恩来还指示成都军区对反应堆工程实行军事管制。

6月的一天，在国务院国防工业办公室的会议室里，粟裕、余秋里召集一机部、二机部、四机部、六机部、铁道部、交通部、冶金部、物资部、水电部、邮电部的领导举行了协调会议。

会议传达了毛泽东关于"三线建设要抓紧""要大力协同，做好这件工作"等一系列指示，决定迅速集结力量，协同抢建核反应堆工程的具体部署。

就这样，一场有战略意义的核工程大会战便紧锣密鼓地拉开了序幕。

随后，铁道部、交通部、水电部、邮电部、建工部挑选精兵强将，组成了参加抢建的施工队伍。

一机部、二机部、四机部、冶金部、六机部、物资部、铁道部为核工程准备了充足的物资和机器。

二机部派遣以马正一为首的先遣队踏上了南行的列车。西北基地也派出先遣队星夜兼程赶赴核反应堆基地。

两支先遣队到达基地后，在栖无房、行无路的情况下，开始了艰难的拓荒建设。

7月初，当核潜艇办公室的何潜和吴上英来到工地时，模式堆工程主厂房的基础坑还没有开挖。但这时候，距中央专委指定的陆上模式堆完成满功率运行的日期，只剩下 20 个月的时间了。

而且，厂房建设、设备安装、单机单系统调试、综合联调、物理启动，这一切都要在这 20 个月内完成。任务重，时间紧，何潜和吴上英两个人陡然感到了一种无形的压力。

何潜和吴上英将这些情况如实地向周恩来做了汇报。

7 月 18 日，毛泽东同意签发了"中央军委、中央文革要求某军区派部队支援核动力试验场基本建设"的电报。

此后不久，一支支援我国核动力基地建设的解放军，就开到了远在我国西南山区的建设基地。

10 月，另一支支援核动力建设的大军，在解放军抵达后，也开进了这片峡谷。他们是核动力研究所的工程师们及全所职工家属。

这列由绿色客车车厢和闷罐车厢组成的专列，从北京西直门一直驶向大山沟，驶向科学研究的前沿阵地。

此刻，入川的大门显得特别拥挤，古老的蜀道更加不堪重负。

滚滚而来的人流，使原本闭塞的山城惊呆了，也让这里的山民们眼花缭乱、目不暇接。

当满载建设者的专列经过长途跋涉，终于在立州车站喘着粗气停下来时，车站广场汇成了人的海洋。

工程指挥部主要领导马正一、杨唯青，在车站欢迎大家。

杨唯青站在一只木箱上，双手叉腰，用高亢的声音说："同志们辛苦啦！我代表工程指挥部、军管会，向大家表示热烈的欢迎。同志们，在这个山窝里，一下来了这么多人马，吃住的困难是很大呀。但是，当地政府为我们想了很多办法，现在我们要化整为零，先在老乡家里安顿下来，大家说好不好？"

顿时，车站广场一片欢呼。大家都说："好，我们一切行动听指挥！"

马正一宣布了各路人马宿营的村庄，随后，他大手一挥，命令道："出发！"

于是，满载队员的车队一辆辆驶出车站广场，向附近的村寨进发。

抢建清溪河反应堆基地

立州乃历代兵家争战之地。这里的江流湍急，路险峰奇。而今的半山腰上，还依稀可以看到三国时期古栈道的遗迹。

当年，徐向前率领工农红军来到这里的时候，乡亲们连夜筹军粮，打草鞋，当向导，救伤员，支援红军。

今天，当核工程抢建大军来到这里时，山里人又像当年迎接红军那样，积极支援。

当工程需要征地移民时，他们毅然离开自己繁衍生息的故土，积极配合。

当大队人马开进来后，他们家家户户又喜笑颜开地把工人老大哥接进家，安顿下来。

小镇上有位蔡福伦老伯，为了给工人让房，差点儿"黄"了儿子的婚事。他的儿子与山里一家姑娘商定在腊月初八成亲。

这个姑娘在家做鞋绣花忙活了好些日子，才算有了个眉目。可是，姑娘左等右等没个信。亲家母急了，催老汉到镇上看看。

老汉在街上碰见了蔡老伯，绕了好多弯儿，好不容易才绕到了正题。蔡老伯却心不在焉地说："新房还没粉刷呢，不急不急。"连家门也没让他进。

老汉心里很不是个滋味，回去后就与老伴嘀咕了这件事情。

这亲家母一听火了，就说："就那么个尿包大的小镇，有啥子了不起的！他儿子再标致，能当饭吃呀？我女子也不是麻子、癫子，干脆，咱另选高门吧！"

这话传到蔡老伯耳朵里，他心里一个劲儿地扑腾。正在他无计可施的时候，亲家母风风火火地下"最后通牒"来了。

蔡老伯只得笑容可掬地相迎。

亲家母一看新房内住的是工人一大家，又见蔡老伯老两口窘得面红耳赤，马上明白了是怎么一回事，她"扑哧"一声笑了，说："我说你老两口啥子时候学会绕弯弯哪？给工人老大哥让房，这是理所当然的嘛，难道就你们觉悟高？别门缝儿瞧人，把人看扁了。换了我也会这样做。你们要是早言语一声，也省得我跑这一趟啰！"

听到这里，蔡老伯一家转忧为喜，一个劲儿地点头，说："那是，那是。"

亲家母一个哈哈响彻半条街，说："嘟个说看妥的日子就不兴改？改嘛！等工人老大哥几时搬进了高楼大院，我再把幺女子给你们送来！"之后，吃了女婿端上的荷包蛋，乐呵呵地回山里去了。

另一支抢建大军开进太公庙村，因农户的住房少而一时容纳不下。不得已，职工们按性别编成男子连、巾幅队，分别住进大队部、小学校、仓库和古庙里。

随后，大家三块石头架起锅，扯起一张挡风席就是职工食堂。当时，一日三餐清水煮白菜、清水熬黄豆的生活，男人们还勉强对付，可苦了老人、孩子和孕妇。

技术员小张的爱人在太公庙里生了孩子，职工们都过来道喜，说："这孩子出生在姜太公身边，来日肯定会大福大贵的。"话是这么说，可小张的爱人实在是没奶汁给刚出世的婴儿。当时，当地连婴儿米粉都买不到，更不要说别的营养品了。

正在小张百爪挠心的时候，村妇女主任王大嫂来了，听了他们夫妇的苦衷，便极爽快地说："这有啥子难的嘛？我有个才三个月的娃儿，奶水多得吃不完，快把这娃儿交给我，就算养了个双胞胎嘛！"

说完，王大嫂笑嘻嘻地接过婴儿，当场解开衣襟给孩子喂了个饱，感动得小张夫妇俩热泪盈眶的。

而另一支由工程技术人员、工人代表组成的设计队伍，则借住在了立州唯一的一家低矮简陋的小旅馆。于是，他们的床上和走廊里，到处堆放着图纸、图板和各种绘图仪器。

这些设计员们整天躬身伏案工作，一日三餐吃的也是萝卜、白菜，常常半年见不到荤腥。

200多人的设计队伍里，有男亦有女，有夫也有妻。他们整天忙于抢建工程的设计，面对这样的生存环境、这样的生活却没有一个人皱眉，而是夜以继日地工作。

女技术员小周在来基地前已怀有身孕，到这里后妊娠反应强烈。特别是食堂那三餐不变的"老三样"：土豆、白菜、大萝卜更使她恶心不已。加上任务压顶，远在北京的丈夫也爱莫能助。她为了不落人后，毅然做了人工流产，手术后她一天也没休息。有一天终于因身体虚弱，晕倒在了绘图板上。

李文英与丈夫刘启禄，一起大学毕业，一起留苏归国，后来两人珠联璧合，结为伉俪。来到工地后，李文英被分在设计队，刘启禄则被留在工程指挥部，协助领导组织工程抢建。原先形影不离的恩爱夫妻，此时却相距百里。工地没有幼儿园，他们又没有单元房住，于是随同他们来的小女儿只好与妈妈、阿姨们一道睡"通铺"。

就这样，核动力基地便开始了大规模的厂房、场区、生活设施的建设，原子反应堆工程的建设也驶上了快车道。

清溪河与玉浓江的交汇处有座清溪拤，桥头有一方黄土塬。

土塬上有一座砖木结构、青瓦顶盖的农家四合院，通情达理的 3 户农民搬迁之后，这里就成了抢建工程指挥部。

二机部一局局长马正一被党部核心领导小组任命为工程总指挥。

马正一接到任命书后，深感肩上担子的分量。他一时还真有点儿局促不安。

这天晚饭后，马正一正在思考着这场抢建硬仗怎么打。比如：如何落实好总体方案和各处工程的进展？如何调兵遣将集中兵力打"歼灭战"？第一个突破口该定在哪里？

就在这时候，门被推开了，一伙人拥进了他的办公室兼卧室。

副总指挥王新吾一屁股坐在床上，开口就说："老马，他们都是来请战的哟！"

马正一高兴地说："好哇。我正准备找你们来合计合计呢。"

说着，马正一从抽屉里拿出一沓稿纸，递给王新吾说："指挥部拟了个工程抢建计划，还很不全面，想听听诸位的意见。大家来得正是时候，老王，念给大伙听听。"

于是，王新吾接过计划初稿，一条一款地念了起来。等念完了，万海第一个表态说："总指挥，俺老万的脾气你是知道的。哪儿最艰险，哪儿最难弄，咱就带着队伍往哪儿冲！"

朱泗亭、高金魁也拍拍胸口说："当年在戈壁滩那么苦，咱也没皱过眉头。这回大会战，天大的困难也不在话下！"

就这样，等马正一送走了请战的各路头领，已是凌晨 1 时 15 分。他赶紧熄灯上床，可是怎么都合不上眼。

其实，老马也不容易，这些年来，他走南闯北，成天不顾家，家里只有一个多病的老伴和一个智障的儿子。他常常觉得对不起他们娘俩。

就在老马指挥所的清溪河西岸，满山怪石嶙峋、古藤缠树，每到黄昏总是阴风惨惨、狼嗥虎啸的。

而凤凰山是这里的主峰，终年云雾缭绕。主峰脚下的褶皱里有一片梯形的荒坡草坪。

工程指挥部决定把大会战第一仗的突破口选在这里，因为这里是规划的核反应堆的厂址所在地。

清溪河谷内到处是陡壁悬崖，没有公路，土建施工的大型机械没法开进工地。

这天一大早，清溪河谷还弥漫着寒雾。8 时刚过，乱石嶙峋的河滩上便出现了一队人马。

土建队汪国章队长带领 100 多人，将 4 台挖掘机、3 台推土机卸整为零，四人一帮，五人一伙，靠着一副副肉肩膀，扛的扛、抬的抬，深一脚浅一脚地向 3 公里外的施工现场艰难地挺进。

工地上，机修班、挖掘班、推土班的工人们，将运抵现场的设备组装为整机。

就这样，他们整整抬了 3 天，组装了 3 天。第四天，他们又填沟平坎，画线定桩，铺板搭台，每天都从清晨一直忙到天黑。

第五天是一个阳光明媚的日子。9 时整，来自基地10 多个单位的数千名干部职工，在露天场上举行了隆重的开工典礼。锣鼓声、鞭炮声响彻群山，驱散了初冬的寒雾。

工程总指挥马正一情绪高涨，当即作战前动员，说："同志们，我们这支队伍，是一支以军人为主体的，能打硬仗的队伍。当年在戈壁滩，咱们万众一心，吃了多大的苦啊，不也照样在罗布泊升起了我们的第一朵蘑菇云吗？今天，我们奉命抢建三线，这是毛主席、周总理的重托。我相信大家会继续发扬当年那股子拼搏精神。我们要以临战姿态，昼夜奋战，力争提前一年完成抢建任务，大家有没有这样的雄心啊?!"

"有!"人群中爆发出一阵欢呼声。

紧接着，在热烈的欢呼声中，总指挥马正一和现场军管会主任张炳海，为开工典礼剪彩。

50多名领导干部手执系红绸带的铁锹，列队为工程破土奠基。

锣声鼓声敲遍了工地的每个角落，披红挂彩的4台挖掘机、3台推土机、32台翻斗车，从河谷地带轰轰隆隆地开了进来。

第六天一大早，浓雾弥漫的凤凰山下，突然传来一阵巨响，这是土建公司爆破队点燃的排炮。炮声震得满山枫叶哗哗飘落。

就这样，核反应堆厂址土方开挖大会战正式开始了!

第一场攻坚战便是劈山开路。要知道，爆破容易，凿炮眼难。这儿的石头坚顽如铁，整座山仿佛就是一块铁头生成。呼呼生风的八磅大锤打在钢钎上，顽石只被打出钎头大小的一个白印儿。

尽管这样，这些当年在戈壁滩上战黄风、斗沙暴，以草籽果腹的汉子们从没有后退过。

有一天下大雨，数千人仍冒雨凿石，当炊事员们把饭菜送到工地时，开山队员们抡锤的手竟抓不住馒头，扶钢钎的手也捏不住筷子。

基建指挥组负责人吴明华劝大家躲躲雨，大家笑着说："这点儿雨算什么，难得洗个流水澡。"

就这样，秋尽冬来，开路先锋们用蚂蚁啃骨头的办法，硬是劈开了紧闭的山门，铺出了一条 8 公里长、能使 4 个轮子碾过的大道。

为了这条路，他们抡折的锤把、磨短的钢钎、挑断的扁担、铲秃的铁锹堆积如山。

山路劈开后，弯弯的清溪河的交通仍然不是很便捷。于是，涉水架桥的战斗又在 1969 年元旦打响了。

为了把分布在几道河湾上的分厂连成一体，四川省交通厅和土建公司的施工队伍放弃节假日，昼夜加班。

他们跳进冰水刺骨的溪流中挖桥墩基坑、架梁柱立拱。就这样，他们苦战 14 个月，1 号、2 号桥终于相继竣工了。

与此同时，参战的工程兵某团 14 个连队和 160 多名指战员，又不分昼夜地战斗在核基地与外界连接的 18 公里长的公路段上。

这段公路九拐八弯，沿江穿岩向前延伸。山腰上是龇牙咧嘴、摇摇欲坠的怪石；下面是漩涡滚滚、白浪滔滔的急流。在这路窄弯急的单行道上，车毁人亡的事情时有发生。

出于抢建工程的需要，拓宽路面是当务之急。于是，工程兵战士们身系绳索下到绝壁上，劈山炸石、填壑铺路。

他们晴天一身汗，雨天一身泥。公路修到哪里，帐篷就支到哪里。

夏天烈日炎炎，烤得人喘不过气来；夜里，帐篷内闷热难眠。冬天冷风透背，清晨起床，大家个个头发眼眉上染了一层白霜。

就这样苦战 250 多天，新建公路数公里，扩建 18 公里，挖填土石 31 万立方米，架设桥梁 5 座，修筑涵洞163 处。

抢建在如火如荼地进行，可是基地除援建的几万官兵外，还有好几千扎根基地的技术人员、职工和家属，长期借住在老乡家里，也不是长久之计。

当时，基地的建设方针是：先生产，后生活。那时，劳累一天的人们钻进低矮潮湿的牛屋席棚，几乎散架的身子一沾床铺，人就睡着了。大家当时对"住"的要求，差不多就是一个"窝"字。

于是，机修厂党委书记顾振环就想：蝼蚁尚有穴，燕雀焉无巢？咱搞尖端技术的人哪能搞不出个窝来？

就在这时，老师傅黄守忠带着一包黄土，敲开了老顾的家门，对顾振环说："书记，这是山丘坟地里的土，很黏，完全可以筑墙盖房。"

顾振环用手攥了攥黄土，说："好，想法很好。我和于俊林厂长商量商量。"

书记、厂长一拍即合。于是，四机修厂就组织职工风风火火地干起来了。

他们找来两块木夹板，又从山里砍来几根青树棒，男子汉们挖地基、填石头，妇女们铲土、挖土、挑土。

男男女女砸的砸，夯的夯，木棒铁锤全用上，不几天就建起了第一栋"干打垒"的土房。

机修厂职工首建"干打垒"的消息像一阵风刮遍了整个基地。一时间，大家成群结队来此参观、取经。

正所谓榜样的力量是无穷的。3个月后，一处处、一排排"干打垒"和小木屋如雨后春笋般在生活区建立起来。

于是，职工们相继搬进了自己筑的新"窝"，那欣喜之情，简直不亚于住进了豪华别墅。

紧接着，他们又一鼓作气，向盖高楼的目标迈进。没有盖楼图纸，工程师王亚石、曲绍昆、周兆林、黄茨仙几个人就相互商量，反复测算，绘出了一张张施工蓝图。

没有泥瓦工具，范云龙、张洪增几个连夜点炉鼓风，叮叮当当地打出了瓦刀、线坠儿。

挖沟筑基时，大家爬山越涧抬回石头。有车无路，钢筋、水泥、预制板运不进工地，于是人们喊着号子，"嗨吆嗨吆"地把建筑材料抬上山梁。

当第一层楼需铺预制板时，可愁坏了工地指挥员黄守忠和张登美。没有吊车，笨重的钢筋、水泥、土大梁和预制板如何架上去呢？

这时候，几个转业军人一拍胸脯，说："我们来抬!"4个壮小伙子一步三颤，硬是把水泥预制件架到了砖墙上。顿时，工地上掌声哗哗地响成一片。

与此同时，反应堆土建工地上，施工号角连天，抢建大军昼夜奋战。

当核反应堆地基掘到 9.5 米深时，碰到一块坚硬无比的巨石。正在现场检查施工进度的副总指挥王新吾命令：

连夜炸掉!

第二天黎明时分，轰轰隆隆的爆炸声响彻群山，足足持续了 15 分钟，那飞溅的石粉和卷起的黄尘，一下子遮掩了半座山。

此后，核反应堆土建施工进度直线上升。在搅拌楼尚未建成之前，土建公司从各工程处调集 888 名壮汉、8台搅拌机、10 台翻斗车、2 台吊车、32 台架子车、36 台大卡车、数百把铁锹，一鼓作气又打响了核反应堆大坑

建设核模式堆

底座浇灌混凝土的会战。

关键时刻，参战部队运输营出动 70 辆车前来助阵。军民齐心合力，抢运沙石水泥，机器搅拌、人工搅拌一起上。就这样，原定 20 天才能完成的浇注核反应堆的底座的计划，大家仅用 8 天就完成了。

另外，由于核反应堆是须臾离不开水源的。所以，早在工程建设初期，指挥部就把核反应堆的供水系统列为重中之重的工程之一。

于是，水厂土建公司、工兵营，以及武汉航务局工程队的职工们，把会战的大旗竖在江边的无名高地上。

他们攀绝壁，凿炮眼，不分昼夜苦干，装填了 24 吨炸药，做好了定向爆破准备工作。

1968 年初冬的一个下午，晴空万里无云。爆破开始了，突然一声惊天动地的巨响，紧接着是乱石飞舞、浓烟弥漫。刚才还在眼前神气十足的山包，眨眼间就不见了踪影。

当核反应堆进出口水下工程已具雏形时，正值多雨季节。忽然有一天，电闪雷鸣，暴雨倾盆，江水陡涨。

洪峰冲垮了用铁丝石笼堆砌成的挡流围堰。眼睁睁地看着几个月的心血就这样被毁掉，大家都心痛得直抹眼泪。

可是，工期逼人哪，容不得大家伙儿喘息。于是，指挥部领导孙华、顾玉明心急火燎，连夜走访山村老农，寻求拦水筑堰的良方。

随后，顾玉明从山民提供的土办法中受到启发，经过分析筛选，综合比较，当夜就拿出了用竹条编笼装石垒堰的方案。

10天后，新砌筑的围堰经受住了多次洪水袭击的考验，安然无恙。

在开凿核反应堆的庞大输水隧洞时，山洞内空气浑浊、尘土飞扬，施工环境常常险象环生。

工程兵指战员和土建公司的工人轮番攻坚，工程一步步向前挺进。

有一天夜里零时交接班时，三班班长刘丹青刚进洞抱起风钻，忽然听到头顶"嘎嘎"作响，只见隧洞顶板破裂，圆木支柱正向侧倾斜。

说时迟，那时快，他一个箭步冲上前去，用手托住顶板高喊："要塌方了！快撤！"

听到喊声，两名战士和工人跑过来想和小刘一起托举顶板。

此刻，刘丹青已是双腿颤抖、额滚豆汗，他竭尽平生之力大吼一声："来不及啦！快跑！"

大家刚刚跑出洞口，只听"轰"的一声巨响，石方坍塌下来，战士刘丹青牺牲了。

此后不久，玉浓江水又一次捉弄了艰苦抢建核反应堆的人们。起因是洪峰季节，江水含沙量大，3台大水泵的水下部件先后被磨穿。

当时，正是工程用水的关键时刻，大泵故障不亚于釜底抽薪。

于是，指挥部领导纷纷奔赴水厂，要求立即抢修，确保生产。随后，水厂的技术骨干黄忠明、江坤章、周兆林、鲍仁德等组成抢修组，他们对磨损的部件仔细进行了分析，终于找出了四大"病"因。

而这四条"病"因中，无论哪一条都不是靠修修补补就可以奏效的，必须根据江水的特性，对水泵蜗壳内部结构进行重大技术改造。

怎么办？于是，黄忠明、江坤章他们翻书籍、查资料、访专家教授，终于设计出了阻旋器、挡旋板、平衡筋。

经过突击加工、安装、试运行，取得了满意的效果。改造后的大泵，比原来的设计能力和寿命都高出近百倍。

千军万马抢卸反应堆设备

1969 年初，在周恩来的直接关怀下，"大三线"核反应堆工程吸引着无数人关注的目光。全国各省市都为这个工程开亮了绿灯。

凡工程所需的重大设备、一砖一瓦、一木一钉，各地都以最高的质量、最快的速度交货发运。

一列列火车向靠近基地的一个四等小站奔驰而来，一节节满载货物的车皮在小站货场排成了望不到头尾的长龙，四等小站发出了不堪重负的呻吟。

面对源源而来的物资，工程指挥部组织了兵强马壮的卸运队伍。

怎奈当时基地是白手起家，别说吊装起重设备，就连小小的起重"葫芦倒链"和粗一点儿的钢丝绳也没有。

卸运队伍一副副肉肩能扛运水泥、圆木，却扛不动几十吨一组的钢铁机件呀。他们的一双双手能搬起砖石瓦、泥筐土箕，却不能掀动一个个庞然大物呀。这该怎么办呢？

同年 3 月的一天，一台 25 吨的吊车运抵车站。基地领导大喜过望，随后，如何卸下这个大家伙又成了让领导们抓耳挠腮的事情。

按惯例，这种大吊车只能在专用线上卸，但这个四

建设核模式堆

等小站根本就没有这个条件。工程指挥部副总指挥王新吾挑选出一批技术尖子充实到卸车队伍。

于是，冯天齐、韩佩潜和李同仁等人，在现场开了一个"诸葛亮会"，决定用土办法啃下这块"硬骨头"。

合计好后，冯天齐、李同仁请求车站调度员把吊车车皮甩到一道上。车站调度员见他们赤手空拳，不禁哑然失笑，说："说得真轻巧，车皮甩在一道，那大家伙如何下得来，你们用头拱啊？"

李同仁接过话茬，说："对！即便是用头拱，我们也要把它拱下来。"于是，车站调度员给他们限定了卸货时间，将车皮甩在了一道上。

冯天齐他们借来了倒链，抬来了钢轨，把钢轨一头塞进车皮内，一头搭在站台上，还有人在钢轨上涂了层黄油。

阳春三月乍暖还寒，大伙儿甩掉棉衣，劳动号子一声高过一声，吊车也在一点儿一点儿地往下移动。

就这样，经过顽强奋战，冯天齐他们硬是在规定时间内把25吨的吊车"拱"了下来。

有了吊车，卸运队如虎添翼。随后，他们又有了5吨、16吨的吊车，真可谓一日一个变化。

7月1日前夕，车站又积压了140多节车皮的货物，四等小站再次告急。于是，工程指挥部调集人马，再一次掀起了"卸车"大会战。

一时间，四等小站上机车轰鸣，哨音清脆，人流往来，吊臂起落，一派热火朝天的景象。

5吨的大车、10吨的蒸馏塔、18吨的大型机床都被稳稳当当地装上拖车，装上卡车，缓缓驶出车站。

谁料天公不作美，卡车刚刚上路，天上就乌云密布，电闪雷鸣，一时间暴雨倾盆而下。但现场没有一个人离开岗位。

王新吾冒雨巡视"战场"，来到起吊20吨重变压器的现场时，大声问冯天齐说："吊臂那么长，会不会碰着货场上空的高压线呀？"

冯天齐说："刚才上去测量过了，离安全区允许的范围还有几厘米的余地。"

王新吾说："你是现场主管，有把握吗？"

冯天齐说："我手下有两名过硬的吊车司机，他们说等雨小些可以干。我看就冒点儿风险吧。"

冯天齐说的那两名吊车司机都姓李，大李叫延清，小李名同仁。两人都有一手硬本领。

这时候，他们俩正在为谁上车起吊而争执不下。王新吾听后很受感动，当即拍板："叫小李上。今天非同寻常，要胆大心细，注意安全。"

只见李同仁甩掉雨衣，跨进驾驶室，凝神静气，双目圆睁，心到手到，每一个动作都与指挥者的哨音、旗语合拍入扣。

当他稳稳地吊下这庞然大物时，人们悬着的心才放了下来。

　　当车站敲响零时的钟声时，140多节车皮全部卸完。这时候，风停雨歇，站台内外响起了"咚咚锵锵"的锣鼓声，这是基地领导给王新吾他们送来了大红喜报。

　　不久，核动力装置大厅就进入了设备安装阶段。

　　当核反应堆主厂房的钢筋混凝土浇筑到指定标高时，负责安装工程的数千名职工开进工地，将重达50多吨的水斗、水箱等各个系统形状各异的金属构件摆放在拼装台上。

　　于是，数百名男女焊工在现场摆开阵势，数百支焊枪迎着太阳、迎着月亮、迎着星星、顶着风雨焊。他们吃在工地住在工地，一个多月没挪窝。

　　在部队就干过电焊工的郝保国，经朋友介绍，在他原籍的县城一家百货公司找了一个对象。不料，就在他领着工友们日夜奋战抢工期的节骨眼上，女朋友接连发来两封信，说自己父亲病重住院，要他速去看望。可是，郝保国哪里走得开。于是，当时月工资只有38元不到的郝保国，托一位朋友捎去了30元钱和一封信，仍一门心思地抢建工程。

　　等郝保国他们将水斗、水箱装焊接完了，女朋友却发来了绝交信，骂他薄情寡义，不懂爱情，退回了郝保国的照片，宣布"拜拜"。郝保国一气之下，将那封信撕成碎片，牙一咬，又接着苦战在工地上。

　　随后，安装工程进入最后关头，施工队决定实行土建、安装交叉作业，拼装、铆焊、吊装、就位多头并进。

80 多名铆工一齐上阵。25 岁的铆工班班长鲁开亮，将全班 15 名弟兄分为 3 组，同兄弟班组展开了保质量、抢速度的竞赛。

　　鲁开亮班铆出的工件，无论是质量还是数量，都名列 6 个班之首，流动红旗在他们班一挂就是 3 个月。于是，工程处领导又把打磨焊缝、内侧防腐、表面抛光的艰巨任务交给了他们。

　　有一次夜间作业，没有吊车配合协助，15 条汉子就手抬肩扛托起部件，鲁开亮不慎被压伤手指，血肉模糊。大家立即把他送进了医院。手术后，他把病假条悄悄往兜里一揣，又立刻返回工地。

　　那段时间，毒辣辣的太阳晒得小伙子们脸黑脱皮，臂膀脱壳，浑身上下沾满铁砂和铁粉。2500 多片砂轮和数千张铁砂纸很快用完了。鲁开亮和他的弟兄们仿佛患了肺结核病，吐出来的唾沫都是青色和红锈色的。

　　有一天，暴雨呼啸而来，履带式吊车吊着第六个水箱部件正在泥泞中行进，路边的虚土突然滑坡，眼看着履带直往下陷。

　　就在这时候，在场的数十名工人一声呼喊，飞似的将鹅卵石装进草袋，又飞似的扛来，冒着生命危险，一袋接一袋地硬往履带下面塞，终于避免了一场车毁人亡的恶性事故。

　　那天中午，工程师黄云龙打着旗语，正在指挥吊装水箱，通讯员突然给他送来一封电报。

建设核模式堆

黄云龙接过来一看，电报上写着：

母亲病重速归。

黄云龙犹豫了一下，把电报往上衣口袋里一塞，继续沉着冷静地指挥起吊。

第二天上午，他给家里寄了100元钱和一封信，又去了热火朝天的安装工地。

下午，第二封"母亲病危速归"的加急电报又到了。作为儿子，黄云龙何尝不想插翅飞到老母身边尽其孝道！可眼下，金属部件结构安装正处于质量控制严格把关的紧要时刻，容不得哪怕半根头发丝儿的误差。

黄云龙强忍泪水，再次奔向工地，挥动小旗，吹响了落吊的哨子。

当最后一台重型构件严丝合缝安装就位时，第三封加急电报又到了。

黄云龙拆开一看，顿时心如刀绞，两行热泪夺眶而出：八十开外的老母未能见到儿子最后一面，带着终生遗憾离开了人世。

紧接着，基地科研人员又对反应堆本体金属结及其配套设备上那些长长短短的数万道焊缝全部进行了专业仪器的检验，发现不合格的地方，立即返工。

1969年底，庞大的金属构件全部安装到位。随后，空调系统开始送风除尘。

几天以后，安装区域内的空气含尘量、温度、湿度全部达到了规定指标。

参加安装的技术人员和工人们都剃光了头，开进施工现场，进行核反应堆的最后安装。

这期间，核反应堆的成群流量、自控监测、供电保护、遥控卸料等各大系统，都日夜不停地投入到最后的安装阶段。

在所有的科研人员和基建工人的共同努力下，他们仅用了半年时间就将近万台件的设备、管道、电缆全部安装到位了。

就这样，经过一年多时间的抢建，核动力研究所的物理室、热工水力室、化学室、腐蚀材料室、结构力学室、自动控制、仪表室等，十几个实验室相继建成，并陆续投入了实验运行。

1970 年 4 月底，核反应堆空间的最后一块盖板终于封顶。这标志着核反应堆抢建工作的最后完工。

陆上模式堆试验获成功

1970 年 4 月 28 日，核潜艇陆上模式反应堆土建、安装工程全部完成。

5 月 1 日，核动力陆上模式堆开始试车。

主控制室大厅灯火通明，指挥、遥控、调度、计算机、空调等系统严阵以待。

指挥台上摆放着麦克风和扬声器，指挥员凝神端坐。控制屏前围坐着领导、专家和工程技术人员。

时针指向 22 时，指挥员果断地下达了命令：

各岗位注意，各岗位注意，现在开始装料！

"明白！明白！"老工人庄炳华接到命令，心情格外激动，只见他小心翼翼地把第一个元件投了进去。

此刻，上千台设备在运转，数万个零部件在工作，信号系统扫描下各种工艺参数、测量系统正"全神贯注"地跟踪着裂变反应和裂变功率。

就这样，一连 10 多天过去了，老总们、车间负责人都没离开过岗位一步。饿了他们就啃个冷馒头，困了他们就到自来水龙头下冲冲凉，大家的神经始终处在高度的警觉状态。

在这期间，最撑不住的要数工艺车间副主任李向德。他患肝病多年，成天弓着腰上班。

工人们常跟他逗乐说："李主任，你那腰怎么就挺不直呢？"他风趣地说："反应堆一天没投产，我这腰就一天也硬不起来！"

6月28日凌晨2时，反应堆装置首次平稳进入冷态临界。

7月18日，中央决定：

> 由我国自行研究设计安装的第一座核潜艇陆上模式堆，于晚18时正式做升压升温试验。

为了这次历史性的启堆，中央核潜艇工程领导小组决定，由工地军管会、工地建设指挥部、核动力研究所主要负责人王汉亭、何谦、张志信、张远征、朱勤、彭士禄、周圣洋7人组成试验领导小组。

同时决定，由核动力研究所的彭士禄、赵仁凯、傅德藩和各研究室的主任、副主任在启堆阶段担任试验总指挥并轮流值班，以便及时研究处理试验中的技术问题。

为了这次历史性的启堆，12天前，即7月6日，远在北京的海军司令员萧劲光在海军第一招待所主持召开了工程领导小组会议，听取了彭士禄和陈右铭关于模式堆建设、设备安装调试、试验计划、质量问题、安全措施等情况的汇报。

国防科委副主任罗舜初、国防工业办公室副主任李如洪、二机部副部长李觉、七机部副部长钱学森、海军副司令周希汉也参加了会议。

萧劲光代表领导小组和海军官兵向陆上模式堆建设的全体人员表示敬意，并指示：

> 要严密组织、精心指挥。严格执行岗位责任制，防止发生事故。

会后，与会者将讨论稿上报给了中央专委、中央军委，并请周恩来批示。

7月18日9时，周恩来听取了彭士禄、赵仁凯的汇报后，做了认真的考虑，指示他们说：

> 现在可以预定在7月18日晚18时提升功率，但不要赶任务，一定要保证安全可靠，万无一失。要以搞好为准，准备不好就不一定非在7月18日晚18时启堆提升功率不可。
>
> 我早晨起来问了问天气预报，11时以后天气才好，我已经要求有关同志，派我的专机送你们回试验基地。告诉军区在机场准备好午饭，下飞机再吃午饭。
>
> 指挥要高度集中，要有"三性"，各自坚守岗位，事故处理的次序、步骤都要准备好。要

充分准备，一丝不苟，万无一失，一次成功。

随后不久，周恩来的专机载着彭士禄和陈右铭等人返回了远在西南的试验基地。

当天 18 时，在我国陆上模式堆的第一个试验基地的指挥室里，彭士禄一声令下："开堆！"

反应堆的电闸合上了，随着时间一分一秒地流逝，反应堆的功率一点一滴地缓慢提升。

主蒸汽轮操作员全神贯注地紧盯着各种复杂的仪表，紧张地记录着一个又一个跳动的试验参数。

就在这个时候，主蒸汽轮操作员向彭士禄说道："彭总，有情况，脉冲管发现漏水！"

彭士禄立即命令道："立即停堆检修！加强现场检查！"参试人员很快就投入到了仪表脉冲管修复之中。几天后，陆上模式堆又开始了第二次启堆试验。

7 月 26 日，核动力装置开始由自身的发电机供电。这是我国首次使用原子能发电。

就这样，原子反应堆这头"怪兽"，终于被我国科学工作者制服了。

此后，彭士禄他们将该核动力堆的成果如期地移植到了我国第一艘核潜艇。

就在我国在西南进行第一座潜艇核动力陆上模式堆试验基地建设的同时，第一个核潜艇制造厂在辽宁葫芦岛也开始兴建。

1968 年 11 月，中国第一艘核动力攻击潜艇开工建造，1970 年 12 月 26 日下水，1971 年 8 月 23 日首次深潜试验成功，1974 年 8 月 1 日正式编入海军战斗序列，命名为"长征 1 号"，代号 091 型（汉级）。

中国第一艘攻击型核潜艇编入海军战斗序列后，加快了研制战略导弹核潜艇的步伐。

从此，中国海军潜艇部队进入了拥有核潜艇的新阶段，中国也成为世界上第五个拥有核潜艇的国家。

三、 建设高通量堆

●1965 年，中央决定原子能研究院组建 194 所，正式展开高通量堆的研究工作。中央同时决定任命徐传效主持研制工作。

●1971 年 1 月 8 日，正是北京的深冬。在原子能研究所 194 院内，设计队员们正在倾听院领导作临行前的动员报告，他们年龄最小的 20 多岁，最大的 50 多岁。

展开高通量反应堆的研究

1965 年，中央决定原子能研究院组建 194 所，正式展开高通量堆的研究工作。

中央同时决定任命徐传效主持研制工作。

早在 1958 年，限于我国当时的财力、物力与核技术力量，二机部利用苏联早期技术，在北京西郊坨里建成了一座小型试验堆，代号 49－2，功率 3000 千瓦。

建造成功的 49－2 堆，犹如一头小毛驴，运行不久，就气喘吁吁，显得难以负重。这样的堆型怎么能承担核动力装置的任务呢？

因此，我国建造高通量堆的任务迫在眉睫，呼声也日渐高涨。

年近半百的徐传效临危受命。徐传效是 20 世纪 50 年代末留苏的浙江大学高才生，有一副瘦瘦的脸庞，鼻梁上长年架着一副高度近视眼镜。

徐传效受命后，立即点兵拜将，很快就组建起一支平均年龄不到 30 岁的设计队伍。

随后，徐传效分析了国外的多种堆型方案，集思广益，最后筛选出一种最佳堆型，即用高浓缩铀做燃料，水做慢化剂，金属铍做反射层的压水型反应堆。

为满足我国国内核电事业的需要，徐传效他们还将反应堆的辐照孔道，由国外一般为 110 毫米，增加到最大为 230 毫米。

二机部领导高度重视这个方案，一面组织人员审核论证，一面派遣数十名专家奔赴全国各地选取高通量堆址。

从北京出发，选址人员沿路探寻，先后在河南郑州、山西垣县、陕北榆林等地踏勘。由于种种原因，上述几个选址一个个都被放弃了。

最后，选址专家们又风尘仆仆地赶往四川，在峨眉山下一个依山傍水的峡谷里，找到了一个比较理想的地址。

这里是中亚热带湿润季风气候，年降雨量在 1000 毫米以上，而且峡谷流经的青衣江浊水期较短，一年中只有 3 个月，因而比较适合反应堆的用水需要。

1968 年初夏的一天，周恩来在人民大会堂召见了徐传效和设计组成员，研究确定高通量堆的立项和选点。

同年 5 月 15 日，国家计划委员会（简称为国家计委）、国防科委和国防工业办公室将高通量堆正式设为国家建设重点项目。

消息传来，徐传效和设计队员们欣喜万分，立即投入到高通量堆主工艺的设计中去。

百日会战完成工艺设计

1971 年 1 月 8 日，正是北京的深冬。在原子能研究所 194 院内，设计队员们正在倾听院领导作临行前的动员报告。

徐传效鼓励大家说："明年 9 月，国家将在成都召开反应堆组建以及周边设备的全国订货会，还有一年多的时间，我们能不能把主工艺设计拿下来呢？"

队员们听了报告后，纷纷请战说："徐总，我们来个百日大会战吧！"

徐传效带领大家告别家人，扛上简单的行李，踏上南去的列车，秘密地奔赴大西南的"三线"战场。

与此同时，国营建筑安装公司也开进了高通量堆工地。不久，近 5 吨炸药很快被埋在一个四面环山的小山包内。随着一声声轰天巨响，小山包不见了，出现了一个近万平方米的大坑，巨大的高通量反应堆就将坐落在这里。

从此，在灯火通明的土地上，劳动号子此起彼伏，巨大的机器轰鸣声震天动地。

青衣江边的乱石丛中，到处是用油毡、木板搭成的简易住房。

徐传效和他的同事们就住在这样简陋的工棚里。当时，门前只有一条黄土小路，路面凹凸不平，雨天一地泥水，晴天一地尘土。

在这里，夏天和秋天蚊叮虫咬，奇痒难忍；冬天和春天阴雨绵绵，空气湿度大，很多人得了关节炎。

碰到雨季，一下就是半个月。常常是外面大下，屋里小下。外边不下，屋子里还在滴滴答答。如果遇上暴雨，屋子里常常是汪洋一片，盆盆罐罐到处漂。

有时晚上下暴雨，徐传效他们就像在河中的小船上睡觉，早上起来，常常不知拖鞋漂到哪里去了。

有一个雨天的早上，核动力院一所林继森像下河沟摸鱼似的到处摸拖鞋，手上捏住一块软绵绵的东西，拿起来一看，原来是一只即将被淹死的老鼠。他"啊呀"一声惊叫，连忙把这个恶心的东西扔到了油毡棚外。

隔壁惊醒的同事不知怎么回事，也赶来帮忙，不料人没进门，脚先踩住一条蛇。幸亏他踩住了蛇头，没有被咬着，"啊呀"一声惊叫，吓出了一身冷汗。

住困难，吃也困难。大家做饭得自己上山拾柴。买粮甚至买点儿酱油也得跑几十公里。想吃好东西，根本没有卖的。很多人利用出差的机会，才有机会买点儿好东西。

徐传效他们头脑中考虑的是高科技的核技术，过得却是近乎"山顶洞人"的"原始生活"。

他们没有办公桌，垫几块砖头，再铺上木板，就是简易的办公桌。尽管如此艰苦，第一批施工蓝图还是很快就绘制出来了。

1972年底，2万多平方米的主厂房拔地而起，10多个试验室也相继建成。高通量堆进入设备安装阶段。

然而越到关键时刻、越接近成功，各种意料不到的困难和阻挠就越多。

要知道，高通量堆的相关设备有5万多台套专用仪器，分别由全国各地200多家工厂生产制造。

由于受到种种原因限制，设备、管道、电缆的生产供货时断时续，致使工程一拖再拖。

徐传效为工程进展急得团团转。负责筹建工作的郭毓敏更是坐卧不安。承担安装任务的丁稼祥等人急得找领导直发火。

在这种情况下，徐传效、郭毓敏等人把能出去的人都动员起来，外出催设备、跑材料。有些关键设备，他们还亲临各设备承制厂催促等待。

核材料专家姚士彬带领大家在5000平方米的厂房里，把上千台的设备，根据他们手中的图纸变成了试验机组。

1978年底，高通量堆工艺安装全部结束。接着，他们就进入了紧张的设备调试阶段。

首次临界运行质量稳定

1978 年底，高通量反应堆宛如一个"巨人"，矗立在群山环抱之中。徐传效带领研究人员开始进入设备调试阶段。

偏偏在这节骨眼上，徐传效累倒了。

在出席四川省首届科技大会上，徐传效当场晕倒了，被立刻送进了医院。

在病榻上，徐传效禁不住长吁短叹。他是高通量堆的总技术负责人，能不急吗？10 多年了，他为这个工程的设计与建设操碎了心。

住院期间，不时有家人和同事来探望他，他便托家人和同事捎去对某个项目、某个部位的意见。他几次都想强撑着下床出院投入工作，但他的身体还十分虚弱，试了几次都力不从心。

当院副总工程师李乐福来看望他时，他久久握住李乐福的手说："反应堆工程调试全靠你们了！"

李乐福不负重托，组织起一个精干的调试领导小组，并让吕光全做他的助手，开始了调试的工作。

吕光全于 1964 年毕业于清华大学工程物理系，是高通量堆 49 - 3 室的主任。

李乐福带领所有调试人员，对反应堆 10 多个系统的上万台设备逐一检查调试。

对于调试中暴露出来的上百项技术问题，吕光全等人不放过其中的任何一个疑点，认真仔细地加以解决。

那些日子里，他们几乎不分昼夜地待在工地上。有的放弃探亲，有的推迟婚期，有的顾不上回家看看爱人和孩子。

49－3 室技管组的赵增侨，白天黑夜加班实在顾不上孩子。为了不让孩子挨饿，他便做些几天都放不坏的面食，让孩子放学回家后用水泡了吃。

好心的邻居看在眼里，于是对他说："增侨，这几天你孩子就在我们家吃饭，你放心工作吧。"

就这样，所有的工作人员一直强撑着，不久，他们终于按预期的时间完成了调试工作。

紧接着，反应堆的临界试验又被提上了工作日程。

1979 年 12 月 26 日，是一个值得纪念的日子。为了向毛泽东的诞辰献礼，核动力院人选定这一天让高通量堆达到临界。

二机部李觉副部长、核动力院党政领导，从北京、兰州等地赶来的专家，以及李乐福、吕光全和所有操控人员共 200 多人，参加了这次启堆试验。

当夜幕降临时，高通量堆临界操作的工作人员早已开始了紧张而有秩序的工作。

预定的时间已到。值班班长果断地发出了命令："全体注意，高通量反应堆即将启动！"

人们的目光一齐盯住不断变换着数字的仪表。

反应堆控制仪表指针缓慢而有规律地上升着，语音提示器里发出的"嘟嘟"声，逐渐由慢变快。

27日5时36分，值班班长声音洪亮地宣布：

指示正常！一切正常！

反应堆已达到临界！

顿时，人们激动的情绪如同水电站大坝提闸放水，顷刻奔泻出来。掌声、欢呼声响成一片。大家坚守一夜的困乏，也消失得无影无踪了。

消息传到徐传效那里，他激动得热泪盈眶。从立项到设计，从土建到临界启堆，历经了10多年的风雨，他终于盼来了这一天。

试验高通量堆的提升功率

1979 年 12 月 26 日，高通量堆首次临界稳定运行。

不过，临界只是成功的前奏，安全提升至额定功率才是最后的成功。中间只有一步，那就是将控制棒提起来释放功率。

控制棒是压水型反应堆中唯一的运动部件，主要由强中子吸收材料制成，以堆芯中的移动来实现开堆、停堆，调节功率及事故紧急刹车。通俗地讲，控制棒就如同堵盖蜂窝煤的小塞子，能控制"炉子"的温度。

通过启堆试验，李乐福发现控制棒有卡棒现象。要知道，反应堆达到临界后，如果不升温、升压，就几乎没有放射性剂量。

也就是说，在这个时候，如果发现堆内部件出现毛病还是可以更换处理的。

而一旦提升功率、升温升压后，堆内部件便永远不能修复更新。如果此时发生控制棒卡棒现象，后果就不堪设想了。

于是，高通量堆现场指挥部专门从全院挑选了有经验的 10 余位专家，组成控制棒攻关组，由林继森任组长。

随后，林继森改进了堆内部件的设计方案，经过反

复试验，终于找到了合适的材料、恰当的组件结构，攻克了这个关键性的难题。

控制棒问题解决后，林继森等人乘胜前进，相继解决了反应堆系统的其他问题。

1980 年 11 月 10 日，二机部来电指示：

> 批准高通量堆提升功率。

李乐福立即进行了提升功率的试验。

12 月 16 日是一个值得核动力院骄傲的日子：

> 高通量堆首次提升至额定功率，并稳定运行 24 小时。

这一成功，标志着我国高通量核反应堆正式建成了。

1981 年 2 月 9 日，新华社受权发布了这一消息：

> 我国自行设计的高通量原子反应堆，在我西南某基地建成，并顺利地完成提升功率试验。

紧接着，美、苏、英、法、日等国数十家通信社纷纷转载了这一惊人的消息：

> 能建成这座反应堆，充分证明中国在发展

核电方面已有良好的基础。

这是峨眉山下飞出的金凤凰！

这是中国人的骄傲！

高通量堆建成的消息，吸引了外国某核电专家专程前来参观。

几番审视之后，外国专家拍着吕光全的肩膀说："看了你们的高通量堆，相信你们不久就能建成核电站。"

吕光全回答说："专家先生，当你下次来中国时，希望你看到的，不仅有高通量堆，还有核电站。"

四、 建设民用核电站

● 1985 年初，核工业部部长蒋心雄把研制秦山核电站反应堆燃料元件的重任交给了赵国光。

● 法国原子能界的专家雷尔先生惊叹地说："你们中国人真像是掌握了时间机器的人，能够将每天24 小时变成48 小时。"

中央决定建设核电反应堆

1964 年 10 月 16 日，我国第一颗原子弹爆炸成功。随后，周恩来指示二机部，即前核工业部的有关领导说：

核工业部不应该只是爆炸部，要和平利用核能、搞核电站。

1970 年 2 月 8 日，周恩来在听取上海市关于缺电的情况汇报后说：

从长远看，要解决上海的华东用电问题，要靠核电。

周恩来知道，国外有关的权威资料表明：全世界石油的储藏量，按目前的消费水平来估算，大约 30 年就将用完。而全世界煤炭的储藏量，按目前的消费水平来估算，大约 100 年就将用完。

而且，大规模的烧煤发电，排放二氧化碳形成的酸雨和温室效应，也将会使地球的生态平衡失调，气候异常。所以，我国发展新型的清洁能源是大势所趋。

会上，周恩来亲自制定了我国发展核电的原则是：

安全、实用、经济、自力更生。

随后，上海市委根据周恩来的指示，筹建了"728"工程设计院，即上海核工程研究设计院。

会议同时任命欧阳予为"728"院的总工程师，主要负责核电站的心脏，即核反应堆的总体设计。

"728"院是以周恩来提议我国搞核电站的日子命名的核工程设计院。

当时，上海市委想在上海的"三线"安徽宁国一带，搞一个藏在山洞里的，设计功率为 1 万千瓦的战备核电厂。

上海市委向周恩来汇报后，周总理指示：

搞大一些。中国，要搞核电站。

1970 年 12 月 15 日，周恩来主持中央专委会，第一次听取上海市"728"工程赴京汇报小组的汇报。

1971 年 9 月 9 日，在北京人民大会堂会议室，周总理又第二次亲自主持中央专委会，听取上海市"728"工程赴京汇报小组的汇报。

1974 年 3 月 31 日，在北京人民大会堂新疆厅，周总理主持中央专委会，第三次听取上海"728"工程赴京汇报小组汇报。

建设民用核电站

　　叶剑英、李先念、邓小平、谷牧和国家计委、国防科委、国防工业办公室、一机部、二机部、水电部、冶金部、中国科学院有关领导，参加了接见。

　　参加技术问题汇报的，是彭士禄、欧阳予、缪鸿兴。

　　会上，周恩来亲自审查批准了《上海"728"核电工程建设方案》和《"728"核电站设计任务书》，并且指出：

　　　　一定要以不污染国土、不危害人民为原则。

　　周恩来进一步指出：

　　　　对这项工程来说，掌握核电技术的目的大于发电。

　　周恩来的这一指示，为我国核电建设指明了方向。

　　但是，核电站的"心脏"，即核反应堆是选择"熔盐堆型技术"，还是选择"压水堆型技术"；我国的核电站技术是靠"自力更生"，还是靠"全资引进"，相关部门一直争论不休。

　　1977年，中法两国政府达成了一项水电技术方面合作的协议。

　　在这个协议中，法国承诺，提供贷款与中国开展经济技术合作，其中包括支援我国建设一座核电站。

水电部据此筹划在江苏省江阴市建设苏南核电站。国务院也于1978年批准了从法国引进两套90万千瓦机组的核电站全套技术。

国务院的这一决定，再一次引发了我国的核电站技术是靠"自力更生"，还是靠"全资引进"的争论。

反对"自力更生"的一方认为：纵观世界的核电技术的发展，我国再搞30万千瓦核电站的意义不大，应以国际先进技术为起点，没有必要一步一步地从头搞起。

他们还认为：发展核电从90万千瓦搞起，这样可以避免浪费，加快步伐，争取时间。不如用"728"工程的这笔资金来搞核燃料的浓缩加工和勘探。

为此，一机部有关人员于1978年8月正式提出停建"728"工程。

支持"自力更生"的二机部则认为："'728'方案自1970年提出以后，我国有关部门在科研、设计、设备制造上已经做了大量工作，而且国家批准的数亿科研经费，已花去了将近三分之一，岂有轻易下马之理？何况，在此之前，二机部为我国导弹核潜艇研制核动力陆上模拟堆时，已经积累了相当丰富的核动力反应堆的经验。更何况早在1974年3月周恩来明确指出：我国掌握核电技术的目的大于发电。"

一时间，意见双方谁也无法说服谁。

1979年1月，国务院副总理薄一波、谷牧出面就建设核电站的有关事宜协调各方意见。会议最后的表决是：

一机部、水电部、国家建委主张"728"工程下马。

而国防科委、二机部、国家计委坚持继续"自力更生"干下去。3比3平，因此，"自力更生"和"全资引进"事宜，都暂时搁置下来。

同年2月，邓小平批示道：

核电事宜由二机部抓总。

虽然争论仍在继续，但这也算是中央的一个结论性的表态。

因此，二机部在接受授权后，便会同国防科委、机械工业部、化工部、中央财政经济委员会、国家科委、国家能源委员会、上海市再一次展开了我国自力更生建设核电站的事业。

谁知一波刚平，一波又起。1979年3月28日，美国三里岛压水堆核电站二号堆出现重大事故的消息传来，一时间，一股"恐核"的情绪弥漫世界。

在核电安全问题上，有关中央领导在一次接见我国核工业部领导时，用风趣的话表达了他对核电站的安全所抱的科学态度。他说：

我听说在核电站工作和周围的人一年所受的辐射，相当于照一次X光的剂量，这有什么可怕的呢？俗话说："叫花子担心，百万富翁反而不怕。"

美国有多少核电站？日本又有多少核电站？

人家不怕，我们倒怕，这叫荒唐。

与此同时，国防科委、二机部等部门也多次上书中央和国务院，要求不要停止核电站建设，同时开展核电安全宣传，驱散"三里岛事故"在人们心理上形成的恐惧感。

1980年10月20日，二机部副部长、核物理学家王淦昌给张爱萍和其他中央领导同志写信说：

> 正确的核电引进政策不应该是全套进口，而应该在实现技术转让的前提下引进关键设备和特殊材料。
>
> 引进的主要目的不是引进电力生产能力，而是引进核电技术，最终建立自己的核电工业体系。

在这封信中，王淦昌还直截了当地说：

> 我认为这一重大工程依赖全资引进的决策是欠妥的。

也就是说，"百鸟在林，不如一鸟在手。"建设

"728"原型堆核电站，对于掌握核电技术，培养自己的核电建设队伍，消化、吸收国外的核电技术是非常重要的。这是以王淦昌为代表的核科学家的观点。

国务院在汇总了各方意见后，于1981年11月，正式批准了"728"工程重新上马，并将"728"工程列为"六五"计划的重点建设项目。

自此，高通量反应堆技术转化成核能发电技术的研究工作就正式开始了。

研制反应堆控制系统

1981 年初，"728" 工程重新上马后，欧阳予被任命为 "728" 工程的总设计师。

同年 9 月，欧阳予和二机部的蔡明恩等 108 名工程技术人员，结合核动力院高通量反应堆的研究成果，完成了《七二八核电站开展工程建设的可行性报告》（以下简称《报告》）。

《报告》指出：

> 防护屏蔽以及三废处理系统可以完全达到国家《放射防护规定》的标准。

《报告》还写道：

> 核电站的实际放射性影响是微不足道的，它比常看电视的影响还小，远远小于每天吸 20 支烟所受的辐照。即核工业辐照致癌的危险性不到十万分之一！

《报告》同时指出：

"728"核电站需技术攻关和研制的主要设备共十一项：燃料组件、堆内构件、压力壳、控制棒、驱动机构、蒸汽发生器、稳压器、主泵、主管道反应堆大厅吊车、汽轮机、发电机。

"728"核电站是一项技术难度密集的重大工程项目，涉及反应堆物理、热工、流体力学、结构力学、机械、材料、焊接、电子、检测、自动控制、环境保护等多个学科。

为此，欧阳予全面研究和审定了需要开展的380个项目科研中的试验。在此期间，欧阳予知难而进，勇挑重担，带领科技人员，全面、系统地摸清、攻破工程设计上的技术难关，排除了2000多个设计技术问题。

其中，他组织解决了吸收中子的控制棒所用的合金材料、核燃装卸机构、可伸缩的密封组件、堆芯石墨砌体、铀燃料元件等关键技术课题360余项，包括重大关键技术30余个。

负责"728"工程核反应堆物理设计的，是高级工程师李丕丑与他的夫人李慧珠，他们同属于上海核工程研究设计院。李慧珠是该院一室主任工程师。他们分别负责核反应堆两大程序的设计，核电站可行性报告就是由他们撰写的。

早在1970年"728"工程上马之初，李丕丑夫妇和两个儿子住在一间12平方米的房子里。

每天夜里，李慧珠怕灯光影响爱人和两个孩子，就把设计工作搬到厕所去做。在昏黄的灯光下，她画呀，写呀，算呀，常常忙到深夜。

李丕丑也带一个组，负责核岛电气自动控制方面的设计。当时，他们通过一些渠道花钱从国外购到一些技术资料。但是，很多设备的资料是没有的，除非花大价钱买人家的技术软件。

当时，李丕丑他们花不起这样大的本钱，所以，只得自己去摸索设计。他们查阅了很多资料，做了很多试验，最后又把铺盖搬到制造现场。

李丕丑等人已经没有了白天和黑夜的概念，他们心里只有一个念头，尽早建成我国的核电厂！

就在他们研究的核反应堆物理设计技术已完全成熟的时候，李慧珠得了癌症，不幸英年早逝。每当想到这里，李丕丑都会痛哭不已。他一直责备自己说，是他没有照顾好李慧珠，因为，李慧珠是劳累过度而死的。

负责核反应堆本体设计、运输设计的，是上海核工程研究设计院二室主任杜圣华。

之前，这两个项目本来是由总工程师童鼎昌负责的，后来，童鼎昌调到上海核工程研究设计院总院任副总工程师，这摊子就交给了杜圣华。

在当时的研制过程中，杜圣华遇到难度最大的课题是：核反应堆的驱动机构，即装填核燃料的高速热交换合金管，简称"高速合金管"。

这个项目是我国的技术空白，是国外核工业保密度最高的技术。当时，杜圣华等人首先攻关的正是冶炼试制装填核燃料的高速合金管。

核反应堆堆芯共有 121 个燃料组件，每个组件放 204 根高速合金燃料棒，整个反应堆就需要 2 万余根高速合金管。

装入核燃料时，每一根合金管装 290 块核燃料芯块，每块芯块比一粒药品胶囊管大不了多少。一个组件 5.9 万余块芯块，整个反应堆有 715 万块核燃料芯块。

据有关专家介绍，原子的结构很像太阳系。它的中心是原子核，周围环绕着一些带负电荷的电子。

原子的质量几乎全部集中在原子核上。原子核由一些带正电荷的质子和不带电的中子所组成。

当一个中子轰击铀 235 原子核时，该铀 235 原子核将分裂成 2 个质量较小的原子核，同时产生 2 至 3 个中子和射线，并释放出约 200 兆电子伏特的能量。

而 1 千克铀 235 全部裂变释放的热量等于 2700 吨标准煤完全燃烧释放的热量。这就是世界各国争相发展核电的原因。

也就是说，核裂变所释放的热量都在装填着核燃料的高速合金管之间流动。

这相当于说，每一根细合金管都必须承受 200 多千克的压力。这就是核电厂最初的力、最初的能量，这就是核电厂的心脏。

高速合金管的冶炼试制完成后，杜圣华紧接着又投入到材料的腐蚀试验中去，以检验合金管的各项性能。

他们首先将管料放入北京研究性反应堆，经受辐射考验。

随后，杜圣华要带着管料一会儿奔波在巴山蜀水之间，一会儿又埋头钻入上海有色金属研究所的车间、试验室。

即使是星期天休息，他们的脑子里装着的仍然是一根根亮晶晶、密森森的合金钢管。

就这样，从 1976 年开始做前期试验和外围工作，到 1986 年试验结束，他们花了整整 10 年的时间，终于完成了 22 项设计、62 个子项目，并研制出了合格的高速热交换合金管。

核电厂核反应堆的驱动机构是由一名叫高际运的女研究员负责研制完成的。

高际运原来是北京航空学院毕业留校的年轻教师，上海核工程研究设计院开始"728"工程会战后，就把她和她爱人陈坚墅从北京调到上海"728"工程设计院来工作。

早在 1970 年 7 月的一天，在上海科技图书馆里，一位身材纤小的 30 来岁的女读者正从一个个书架里，抽出一册又一册厚厚的书籍。她仔细地翻阅着每一页纸，生怕有所遗漏。但最终，她失望地叹口气，怏怏不乐地把书插入书架。她就是高际运。

尽管这样，高际运并没有放弃，突然，她眼前一亮，惊喜地"啊呀"了一声。她终于发现了一张美国杨基电站的简图，简图上的一架瘦高的机械正是她前后寻找了好几个月的资料图片。

这幅机械简图没有尺寸，没有精度，没有公差，当然也没有文字说明，仅仅只是机械的一个外形图而已。原来，这幅机械简图就是核电厂核反应堆的驱动机构图。驱动机构是核反应堆在运行时，驱动中子棒以控制核反应强弱度的极重要的部件。国外核电站的该构件的技术都属于绝密范围，不向他国转让任何资料，也不出售任何样品。

尽管这样，高际运还是如获至宝，激动得手都发抖了。因为，无论如何，她总算有了一个最直观的印象。

找到了这张图，就为高际运研究我国核电厂核反应堆的驱动机构奠定了基础。她赶紧把这份宝贵的资料借回家，拷贝、计算，就这样没日没夜地忙开了。不久，第一份核反应堆的驱动机构图就设计完成了。

随后，高际运、李云丽、胡振堂等人就下到上海先锋电机厂开始了试制工作。

先锋电机厂的干部、工人积极配合他们的试验。

大家一起拆啊、装啊，在一间专门供做试验的车间里，核反应堆驱动机构的整机从一个很简单、很局部的电磁力试验开始了。

驱动机构的驱动棒长 5.7 米，中间还是空心的，加工是个大困难。高际运跑遍了上海的工厂，他们都加工不了，这该怎么办呢？

高际运又跑到北京，找到国务院核电领导小组。核电领导小组替她与六机部联系，六机部又替她联系了一家远在北京西郊的炮厂。

六机部介绍说，人家炮厂做炮筒子是长项，炮筒也是中空的嘛，也那么长、那么细，所以正好有配套设备。

当下，高际运找到这家炮厂的有关领导，将驱动棒的情况作了说明。炮厂领导说行，可以加工。不久，驱动棒就试制完成了。

紧接着，高际运带着试制成功的驱动棒回到了上海。他们在上海先锋电机厂试验车间里建起了一个试验台。

别以为搞科研的高际运他们只会穿白大褂，操作仪器。他们什么都得干，会的就带头干，不会的也得学着干。

在许多时候，他们每个人就是一名最普通的工人，搬运工、车工、钳工，画线、焊割、凿、钻、锯，锤头、锉刀、锯弓，十八般武艺，样样都得精通。

与工厂不同的是，工厂是为了生产产品，而他们是在搞试验。

就这样，高际运先做机械工，把试验装置加工好，安装好；然后又做管道工，把高温风道安装起来。驱动机构就在高温高压的情况下做试验。

要知道，驱动棒在电磁铁的驱动下，要上上下下走完一百万步后不报废才算合格。可是，第一次试验时，驱动棒走完了九十九万步就"累"瘫痪停了。

高际运急了，心里想道：天哪，只剩下一万步没走完啦，"你"为什么不坚持坚持呢？"你"为什么这么不争气呢？好吧，不走就不走，驱动棒还卡死在那里，一动都不动了。怎么办？拆下来看看吧！拆完了又装上，死马当作活马医，再试一试吧！

一试，驱动棒又动了。这一动，可又超过了一百万步。可是，等他们欢天喜地地再拆开一检查，天哪！固定驱动棒销子都断啦！没办法，只能等修好后再重新做试验。

再做试验的时候，因为机台震动得很厉害，不锈钢与不锈钢之间容易咬死。再加上有着强大吸引力的三对电磁铁互相干扰，因此，驱动棒老爱卡壳。

当时，高际运就怀疑是不是自己的设计有问题。她又找出美国杨基核电站的那张简图，对着试验台仔细琢磨：简图上黑乎乎的一圈是什么呀？

高际运就叫李云丽他们过来帮忙辨认，大家你一言我一语，最后发现：那不就是一只缓冲片吗？高际运大喜过望：原来，在自己的设计中，没放缓冲片。随后，大家立即进行了补救，赶制出了缓冲片，安装在驱动机件上。

试验就这样一步步地往下进行着。紧接着，新的问题又出现了：先锋电机厂的热态试验台温度不够，而且试验台阶的水是不流动的，这样模拟不出真正核反应堆中高温高压时驱动棒的实际运行情况。

于是，高际运便带着试验棒去北京，到核工部第一研究设计院高温高压全流动水台阶做试验。

当试验温度达到 285℃ 至 298℃ 时，驱动棒又出现了卡涩现象。高际运焦虑得不行，急忙打电话给远在上海的总设计师欧阳予和设计院院长汇报了情况。

院长和欧阳予立即赶到北京，与一院的科研人员一起研究分析，可大家一时间也找不出原因。

一院的有关领导就介绍高际运去远在我国西南边陲的某军用核反应堆的试验工厂，让他们的科研人员帮助解决驱动棒又出现卡涩的问题。

于是，高际运把驱动机构又运到了四川试验基地。列车穿隧洞、掠悬桥，沿途山势嵯峨、气象万千。可是高际运他们的心都是沉甸甸的，哪有心思欣赏沿途的风景。

高际运把驱动机构运到四川高通量堆试验基地后，卡涩的问题还是没能解决。高际运"哇"的一声，当时就哭了。

在试验的过程中，高际运已哭过好几次了，在汇报工作的时候哭过，在自己爱人面前的时候也哭过。她自己一急就哭，憋都憋不住。

这也不难理解。要知道，民用核反应堆的驱动棒系统，在我国这是真正的第一步，无可借鉴，无可交流。

这么重大的研究课题，担子压在一个弱女子身上，遇到问题不哭才怪呢。可是，哭归哭，压力再大也得干，要不就不是高际运的性格了。

在这之前，她也曾托出国的同志，把驱动机构的一些问题带去，看有没有机会请教请教国外的同行。可是，一是国外对核动力堆驱动构件严加保密，二是出去的同志毕竟不是搞这个项目的，许多问题没法问回来。

遇到这种情况，院领导也替她着急。最后，他们终于想了个办法，把另一个项目的出国任务交给高际运。

于是，高际运带队出国了。到达目的地后，她通过某原子能公司驻联邦德国的代表，做通某核电公司一位主任的工作，通过这位主任，她有了一个机会。

那就是：给她 1 个小时的时间，允许她参观试验台阶。在参观试验台阶时，高际运向外国同行提了几个问题。可是，就在这时，外国同行的上司来了，他们不敢回答。

没办法，回国后，尽管高际运的心情很压抑，但她还是义无反顾地重新投入到驱动构件的研制当中。

就这样，10 多年过去了，这时的高际运已经 53 岁了，已是一个两鬓染霜的老人了，而由她负责研制成功的驱动构件，也如期安装在了我国第一座民用核反应堆上，即秦山核电站核反应堆上。

研制核电燃料元件组件

1980 年初，国家还没有正式明确下达秦山核电站的项目任务，核动力院便自己创造条件，搞起了核电转化的技术攻关。

他们主动与德阳二重厂、北京钢铁研究总院、哈尔滨焊接研究所进行联系，想搞协调攻关。这 4 家都是我国研制核电设备的主力单位，他们一拍即合，一致选取核电站压力容器的钢材作为主攻点。

核电站反应堆压力容器用钢是核电国产化的关键。这不仅仅是因为压力容器用钢是衡量一个国家核电国产化的重要尺度，还因为压力容器的投资经费在整个核电站投资中占重要比例。

于是，1981 年初，他们开始了压力容器用钢以及配套的焊接材料的攻关。同年 7 月，我国最大的热室群内，气温高达 40℃。核动力院热室的科技人员却要穿上白色工作服，戴上白帽白手套，按操作规定进行试验。一场几小时的试验结束时，他们的衣裤可以拧出一盆水来。

他们利用高通量堆进行钢材的辐照试验，先后装堆进行辐照考验，完成了几百个试样的辐照试验，获得了大量必不可少的数据。

就这样，4 家单位的几百名领导干部、技术人员和一线工人，经过艰苦努力，终于研制出了核电站压力容器优质用钢。经检测，其抗辐照性能明显优于美国、法国的技术指标。

随后，核动力院及时将高通量堆辐照的各种合金材料、核燃料和硼玻璃试验数据，应用到了我国第一座核电站上。

秦山核电站反应堆燃料元件是由国营军工 812 厂负责研制完成的。

1983 年 3 月，赵国光出任 812 厂第四任厂长。上任伊始，他就感觉到了我国核电事业发展的蓬勃生机。

1985 年初，在核工业部部长蒋心雄的办公室里，蒋心雄把研制秦山核电站反应堆燃料元件的重任交给了赵国光。

蒋心雄告诉他说："党中央已经为核工业确定了新的发展方针，要求你们在保证军用的前提下，开发利用研究核能发电供热元件。你目前的紧急任务是，要千方百计加快秦山核电站反应堆燃料元件工程的建设速度，力争实现'以核为主、多种经营'的方针。"

回到基地后，赵国光向 812 厂全体干部职工传达了蒋心雄部长的指示。

随后，赵国光将秦山核电站反应堆燃料元件的研制任务交给了总工程师兼生产副厂长王翰飞。

此后不久，法国原子能专家雷尔先生参观了 812 厂用于生产秦山核电站反应堆燃料元件的流水线。

望着厂房内尚未安装就绪的机器设备，雷尔先生眯起眼睛，耸耸双肩，用幽默的口吻对在场的工人说："太阳有升有落，一天只有 24 小时，你们中国要在 1988 年生产出核燃料元件是不可能的，除非一天变成 48 小时！"

雷尔先生的直率并没有使赵国光感到意外。赵国光面色凝重，一股焦虑的情绪蓦然涌上心头。他看到总工程师兼生产副厂长王翰飞不动声色地站在翻译身边，颇有一种稳如泰山的风度，顿时感觉压力小了许多。

1986 年 3 月，核电燃料工程建设进入紧张阶段。车间主任侯全祥率领模具车间的职工，承担了核燃料组件，即上下管座、定位格架、连接板和连接柄的研制任务。

这四大关键构件的研制成败直接关系到核燃料组件的总装进度和生产成本。所以，赵国光和王翰飞非常重视侯全祥他们的进展情况。

一天，满脸倦容的赵国光和王翰飞来到模具车间，和侯全祥他们召开了碰头会。经过反复研究，赵国光决定：

> 组织三个攻关小组，王翰飞和厂党委副书记杨学文在生产现场蹲点，及时协调解决各种疑难问题。
>
> 侯全祥和高级工程师王银聚负责连接柄的研制攻关任务。

连接柄是核反应堆控制组件和中子源组件的重要部件。它的材质为不锈钢，其结构和加工工艺特别复杂。

尤其是它的梯形槽上的20个孔洞和20个外圆，因为要成组加工，所以尺寸和加工精度要求非常苛刻。

5月的一天，侯全祥下班回家刚刚端起一杯凉开水来喝，小儿子跑过来告诉他说："妈妈走了，一天没回来。""轰"的一声，侯全祥顿时蒙了。一种不祥的预感紧紧地抓住了他的心。

事情的原委是这样的：10多年前，与他感情甚笃的妻子在河南老家患了精神分裂症。得知这个情况，812厂领导很快为她解决了农转非户口。

为了分担这个5口之家的生活重担，他爱人的病稍好一点，就参加了清洁队的工作。每当侯全祥从爱人枯瘦的手中夺下竹扫帚，替她清扫路面时，总觉得有一种说不出来的内疚感。现在，他爱人突然失踪了。于是，侯全祥近乎疯狂地蹬着自行车，寻遍了812厂厂区，又寻遍了附近的郊野，可是哪里有他爱人的影子！两天后，在组织的帮助下，侯全祥终于找到他的爱人，不过她已经停止了呼吸。侯全祥挥泪料理完妻子的后事，第二天一大早就回到了生产岗位。他知道，核电燃料元件生产线离不开他呀。

在模具车间焊接岗位上，活跃着一群朝气蓬勃的青年女工。手持焊枪和防护面罩，这本是男人干的苦活累活，她们却陶醉其中不知疲倦。

焊接高级工程师夏成烈，20世纪60年代中期毕业于哈尔滨工业大学。她中等身材、精明干练、仪态端庄，椭圆的脸庞上闪动着一双热情的眼睛。从1974年开始，她就参加了核电燃料组件工程的调研工作，以后一直奋战在生产第一线。

　　定位格架是我国自行设计、研制的核燃料组件的关键部件。它的主要作用是精确分隔核燃料元件棒，其制造工艺在国际上属于商业机密。

　　在定位格架组装过程中，点焊后外形尺寸超差的技术难关，一时间横亘在夏成烈的面前。

　　夏成烈失眠了。此后，在一个又一个漫长的寒夜，她不知疲倦地查找翻阅了大量技术资料。同时，她还深入格架生产现场调查研究。她发现：要保证定位格架的焊接质量，必须有先进的焊接夹具。

　　于是，她和车间副主任黄志雄等在原整体夹具的基础上，参照国外的钎焊夹具，设计出适合于定位格架组装、点焊、钎焊三合一的细槽夹具。

　　此项设计在保证定位格架的产品质量和加快工程进度上起了很大的作用，使定位格架的成品率大幅度提高，取得了数十万元的经济效益。

　　按照质量保证大纲的要求，焊接工人必须持有国家劳动人事部门颁发的合格证书才能上岗操作。可是刚毕业分配的年轻人，哪里来的技术合格证书呢？于是，经过夏成烈的精心培训，生产线上的几十名焊工全部取得了技术合格证书。

　　可是，她自己的独生女儿却在高考中落榜待业。那一天，母女俩抱头痛哭了一场。

试验性生产核电燃料元件

1987 年 3 月 26 日，核燃料组件连接柄的机械加工工艺通过部级鉴定。

来厂考察的外国专家对中国生产的连接柄产生了浓厚的兴趣。这位德国专家用生硬的中国话赞叹道："这是世界上第一流的连接柄，中国人，了不起。"

他当即找到了 812 厂有关领导，想做中间商，把中国制造的连接柄推销到外国去。

11 月 19 日 11 时，远在北京的核工部的一间办公室里，部长蒋心雄缓慢地踱着脚步，他的目光不时地落在写字台上那架红色的电话机上。

铃声响了，蒋心雄急忙拿起话筒。

电话里传来 812 厂总工程师王翰飞激动的声音："报告部长，核燃料组件生产线化工部分投料试生产开始!"

蒋心雄也激动地说："请转告同志们，部党组祝贺你们! 同时希望你们试制成功!"

王翰飞放下电话，用手揉了揉布满红血丝的双眼。他看了看手表，时间是：1987 年 11 月 19 日 11 时 7 分。

多少个日日夜夜，他们把全部的心血都融进了核燃料元件的生产线。

如果投料试生产成功，将标志着我国自行设计建造的第一座核电站燃料组件进入生产阶段。

紧接着，王翰飞便带领大家投入到了紧张的试生产过程中。

生产线上，身穿防护服、头戴安全帽的工人们在隆隆的机器声中紧张地操作着，仪表的指示灯在不停地闪烁着。

厂领导和工程技术人员屏神静息，他们的心无一例外地随着闪烁的光亮而颤动。

令人担心的事还是发生了，立式泵突然停止转动。这时，赵国光、王翰飞等人露出了焦灼的目光。

只见沉淀组组长陈友元顺手拎起一个塑料桶，冲到物料炉前，将物料掏出来，全部动作干净利索，为检修设备赢得了宝贵的时间。不久，故障排除了。立式泵又旋转起来了。陈友元汗涔涔的脸上露出了开心的笑容。

陈友元平时寡言少语，做得多，说得少。化工生产线被人们称为核电燃料组件生产线的"龙头"，而陈友元就是"龙头"里的一员猛将。

在这之前，为了做好酸洗水试和投料试生产前的准备工作，在骄阳似火的七月，他率领全组职工打响了清洗设备的攻坚战。

45 岁的他抱起沉重的硝酸瓶小心翼翼地踏着仅有 50 厘米宽的阶梯，登上 30 多米的高处爬上爬下 120 趟，将 60 瓶硝酸全部倒入高位槽内。

工作完成后，陈友元面色煞白，一屁股跌坐在地上，半天没缓过气来。

工友们急忙把他搀到车间外面的树荫里，替他脱去胶鞋，扯下橡皮手套，混浊的汗水流了一地，他的十个手指全被汗水浸泡得白生生鼓胀起来。

价值昂贵的还原炉，是化工生产线的关键设备和"独生子"。就是这个"独生子"，险些在一个风狂雨骤的夜晚"夭折"。

一天晚上，812厂基地下起了大暴雨。一时间，电闪雷鸣。在一声惊天动地的轰鸣后，厂区高压输电线路因短路，三根导线被烧断两根，厂区顿时一片漆黑。

"停电了！"车间调度员原左江猛然惊出一身冷汗：还原炉在高温下断电，炉子停止转动，炉内的压力会急剧上升，如果不及时采取措施降温的话，那么5米多长的炉管马上就可能变形，后果将不堪设想！

他立即拨通电话向厂总调度室告急，然后带头冲向了现场。

在一片漆黑中，他听到工程师胡正杰的喊声："快！启动手动盘车！转动炉管！"

原左江跌跌撞撞地跑过去，双手紧紧抓住手动盘车摇柄，使尽浑身力气摇动盘车，但是，盘车却纹丝不动。

危急关头，班长罗怀君、技术员吕文强、老工人刘建中赶来了！

交班后正在洗澡的副段长孙怀也带着满身的肥皂沫加入抢险的行列。

罗怀君他们摸摸索索聚集到原左江的跟前，三下两下抓住手动盘车轱辘，大家一声呼喊，一齐用力，手动盘车在钢铁咬合声中开始艰难的启动。

正在这时候，一道雪亮的光柱照亮了抢险现场。原来，闻讯后赶到现场的总调主任王正中见没有灯光照明，急调汽车开到车间，用汽车前灯照明。

就这样，经过大家及时的抢救，炉管缓慢地转动起来，还原炉化险为夷。

工段长苗宝生，40 岁出头，个子不高，身体强壮，浑身上下似乎有使不完的劲儿。在核燃料组件投料试生产期间，他带领工段的 36 名职工昼夜坚守在"滩头阵地"。

苗宝生每天两顿饭都在现场吃，坚持连续上 3 个班，工作时间长达 18 个小时。

由于他干的全是脏活累活，车间破例为他配发了 4 套工作服。就是这样，人们还是很少见他穿过干净的工作服。

经过 40 天的日夜奋战，苗宝生他们一鼓作气，完成了平时 6 个劳动力 4 个月才能完成的工作量。

一天，当班的操作人员正从方箱送料往工号料仓，不料方箱出料阀门内的紧固螺栓突然断裂，由于反吹压力大，物料从方箱阀门盖的缝隙喷涌而出。

在场的人都被这惊险的场面吓呆了，一时不知所措，情况万分危急！

正在对面操作旋转压机的苗宝生发现险情，立即大吼一声："快关掉紧急开关，打开螺茨风机泄压阀！"

话音未落，他已经冲了上去，双手拼命抱住阀门，用身体堵住喷料口，就这样避免了一次重大事故。

在这期间，法国原子能专家雷尔先生重访故地。他跟随着接待员走出试验室，沿着花树蓊郁的林荫道步入组装大厅。

组装线上，核燃料棒晶亮的铬壳闪动着银白色的光晕。雷尔先生俯身审视片刻，脸上隐约闪动着激动和惊诧。

这位法国原子能界的老专家惊叹地说："两年前我说过，你们不可能在 1988 年前，生产出你们第一个核电站所需的核燃料组件，现在我知道我错了。我收回我的话。你们中国人真像是掌握了时间机器的人，能够将每天 24 小时变成 48 小时。"

说完，他又俯身审视片刻，情不自禁地说："你们的生产线就像你们国家特有的砂锅，样子虽不好看，可是烹制出的汤菜的味道美极了！"

燃料元件运抵秦山工地

　　为了生产出合格的核燃料组件，早在 1986 年 10 月，812 厂成立了由厂长直接领导的独立行使职权的质量保证处。同时，各车间和有关处、室都成立了相应的质保组。

　　质保处副处长沈跃宗，20 世纪 60 年代毕业于清华大学。在他的资料库里，层层叠叠的案卷材料堆满了整个房间。

　　这里保存的都是来自各生产岗位的原始记录，根据"秦山核电元件质保大纲"的要求，大部分资料要保存到组件在反应堆内运行"寿终正寝"为止。

　　在这期间，如果组件制造或在堆内运行中出现故障，那么每个部件、每道工序直至承担生产者都可以通过原始记录追查清楚，同时还能为及时采取措施提供依据。

　　1988 年初，为了保证"质保大纲"的权威性，812 厂组织质保人员进行了 8 次内部质量检查活动。

　　仅对密封包装岗位的芯块装管工序，沈跃宗他们就连续检查了 4 次，亮了 3 次"黄牌"，并当场提出整改意见。

　　几天后，沈跃宗带着质保科长左天禄第三次来到密封包装岗位。

　　包装工人看到沈跃宗的脸上露出了满意的微笑，他们绷紧的心弦放松了。不料，扔在现场角落里的一只方便面塑料袋被沈跃宗发现了，他再次下达了整改指令。

有的工人开始不理解了，缠着沈跃宗开绿灯放行，说："老沈，你这不是死搬教条折腾人吗？"

沈跃宗毫不通融，说："不行！你们知道吗？核燃料组件在反应堆内就像人的心脏。每一个搞'核'的人都清楚：对它的安全系数要求都应该是100％！一颗沙子就可能让一座投资几十亿元的核电站报废，你们明白吗？"

就这样，生产出来的核燃料组件，经过沈跃宗他们严格把关后，开始进入总装车间进行总装。

在总装线投产初期，由于大部分设备都是国内制造的，非标准设备比较多，满足不了生产要求。

于是，在侯瑞峰副厂长的亲自指挥下，组织车间的工程技术人员和工人重新改造了装块机、拉棒机、组件组装工作台等关键设备，还设计制造了两台压塞装置。

压塞装置是核燃料元件生产中不可缺少的重要设备，制造这个设备的技术难度很大。

1986年底，核工业部设计院绘制出装置的设计草图，造价预算高达13万多元。直到1987年6月，压塞装置的制造厂家仍未能落实。

按照工程进度的计划，1987年10月，812厂必须生产出第一根核燃料元件棒！

正当侯瑞峰一筹莫展的时候，高级工程师罗先典提出了分两步完成自动压塞装置的方案，即先实现手动压塞装置以解燃眉之急，然后再根据生产实践，在手动基础上完成自动压塞装置。

这个方案很快得到了有关部门的批准。于是，罗先典便组织车间工人昼夜苦战，于 1987 年 9 月研制出两台手动压塞装置，全部费用不到两万元。

工人们使用这两台压塞装置，圆满完成了秦山核电站首炉元件棒的生产任务。

1989 年 12 月 7 日，秦山 30 万千瓦核电站首炉 125 组核燃料组件及相关元件在 812 厂通过出厂验收。

当赵宏副总经理将国家级出厂验收"合格证书"颁发给新任厂长王翰飞时，会场内外顿时欢声如潮。厂部大礼堂门前，大家争相燃放鞭炮庆贺。

紧接着，核燃料组件的运输问题摆在了王翰飞他们面前。

要知道，地处西南的 812 厂距离远在浙江的秦山核电厂有几千公里之遥，而且沿途的路况复杂。

核电燃料组件制造精密，在搬运、装卸和运输过程中很容易变形，这就必须采取可靠措施确保组件在运输中的安全。

按照国际惯例，核电元件生产厂家是不负责成品运输的，其任务一般交由专门的运输机构承担。而且，运输机构事先还会为运输的货品买下巨额的保险。

早在 1986 年 8 月，核工业部根据我国的具体情况，决定将提货制改为送货制。于是，又一个重任落在了 812

厂人的肩头。

1989 年 8 月 8 日清晨，挂有核燃料元件模拟组件专用车厢的 527 次客车缓缓启动，驶离组件运输试验的始发地。

伫立在站台的王翰飞厂长和总调度室主任王正中默默地目送着列车渐渐远去。

列车跨过岷江，穿越川南腹地。望着车窗外掠过的山峦、碧野、村庄、溪流，转运科长丁志明一直保持着高度的警惕。

这个身体壮实的中年汉子，从受领任务的那天起，就没有睡过囫囵觉。核燃料元件挂客车运行在中国铁路运输史上还是第一次，困难可想而知。

第二天傍晚，意料不到的情况发生了。S 县火车站得知车厢载有燃料模拟组件，便以客车携带禁运品为由，拒绝放行。

专用车厢像一个弃儿被甩在了昏黑的备用道上。丁志明与试运组长王彤找到车站负责人，反复宣传：核电燃料组件是一种密封性非常好的核部件，盛装燃料组件的容器也是特制的，其安全性能可靠。

而且，采用专用车辆运输安全更有保障，运输过程非遇到意外的严重情况是没有丝毫危险的，即使是列车发生颠覆事故，后果也远比常规炸药、酸、氟化氢等危险物品的危害轻，危险小。

尽管丁志明他们说得口干舌燥，对方就是不开绿灯。

3 天过去了，他们不得不向重庆铁路分局的领导和军代表汇报情况。在重庆铁路分局的干预下，他们才获准通过。

8 月 19 日深夜，列车抵达浦口车站。浦口铁路分局军代表连夜赶来告诉试运组的同志：前方通知，试运车辆不准通行。

按照技术要求，模拟组件在运输容器中夹持固定式记录仪，不能超过规定的工作时限，否则，试验得出的各种数据就会失去准确性，试运计划也将因此夭折。

转运组长王彤粗黑的眉猛然蹙起来，他对丁志明说："老丁，咱们走一趟!"

借着朦胧的月光，丁志明和王彤深一脚浅一脚地踏着铁路枕木走过南京长江大桥，找到了南京火车站军代表处。

听了他们的介绍，军代表的包参谋解释说："上海站是亚洲地区最大的行客站，我们出于对旅客安全的考虑，禁止你们通行，你们要理解我们的工作。"

同时，包参谋表示，他将尽一切可能进行协调，让丁志明他们的试验车尽快通过。

一连 5 天过去了，丁志明他们依然没有得到南京军代表方面的答复。

8 月 25 日，心急如焚的王彤给厂里挂了长途电话。总调主任王正中果断决定：

让负责运输计划的丁志明到北京，直接向

核工业部和铁道部报告情况，请求上级支持。

当天，丁志明就搭乘特快客车赶往北京。

听了丁志明的汇报，铁道部有关部门当即答应与上海站协调，并让丁志明先期赶回浦口。

谁知，浦口方面依然不准通行，理由是没有接到正式的"放行命令"。

当时，以火炉著称的南京气温高达38℃。暴晒在烈日下的车厢，内部温度超过45℃。

王彤他们携带的粮食早已吃光，饮用水发生困难。车不运行发不了电，不要说吹电扇，连夜间照明也成了问题。

夜幕降临，成群的蚊虫便蜂拥而上，扑到王彤他们一切裸露的部位，伸手拍打一巴掌，手上沾满了腻乎乎的鲜血。白天炙人的高温和夜间蚊虫的袭扰，使王彤他们无法在车厢的简易床上入眠。

按规定，押运的人员不能远离车厢。所以王彤等人只好白天轮番躲到附近的阴凉处小憩；夜间在车厢外的荒坡上守夜。

一个多星期下来，大家都有些虚脱了，感冒、急性肠胃炎开始在他们中间蔓延。

经过商量，丁志明又一次赶往北京。这一次他是怀着"破釜沉舟"的决心去的。

进京后，丁志明拖着沉重的步子，奔波往返于铁道部和总后勤部等部门，常常错过了喝水、吃饭。短短 3 天的时间，他的体重竟掉了 4 千克。

就这样，经过艰苦的奔走，丁志明终于拿到了一张盖有红色印章的"行车命令"。

9 月 8 日，困守了 20 个日夜的专用车厢长舒一口气，徐徐驶出浦口货运站。

原定 25 天的往返行期被迫延长了一倍，直到第 59 天，丁志明他们才风尘仆仆地返回工厂。

试运结果表明：专用运输车辆运行可靠，可以用于组件的正式运输。运输容器在车厢内固定机构安全可靠，可以满足组件运输的特殊要求。

随后，第二车组件又驶上征途。

1990 年 11 月 6 日，装载着最后一批核燃料组件的列车驶进了浙江金山卫西站。

1991 年 12 月 15 日零时 15 分，秦山核电站的第一股核电流成功输入华东电网。

至此，我国第一座用于核电站的原子反应堆研究成功了。

本书主要参考资料

《国史全鉴》本书编委会编 团结出版社

《中国大决策纪实》黄也平主编 光明日报出版社

《奇鲸神龙》彭子强著 中共中央党校出版社

《未被揭开的谜底》孟戈非著 社会科学文献出版社

《蘑菇云作证》王春才主编 四川人民出版社

《东方巨响》彭继超著 中共中央党校出版社

《永远的风景线》周咸明 徐维康著 原子能出版社

《秦山核电工程》欧阳予等编著 原子能出版社

《追赶太阳的人们》张万谷著 浙江文艺出版社